# LES LÉGENDES
# DU PARADIS

LES ENFANTS D'UN AUTRE CIEL

# LES LÉGENDES DU PARADIS

Tome 3

Martin Charbonneau

Éditeur : François Doucet
Révision linguistique : Féminin Pluriel
Correction d'épreuves : Nancy Coulombe, Véronique Bettez
Montage de la couverture : Matthieu Fortin
Illustrations de la couverture : Mylène Villeneuve
Illustrations de l'intérieur : Mylène Villeneuve
Mise en pages : Sébastien Michaud
ISBN papier 978-2-89667-251-6
ISBN numérique 978-2-89683-028-2
Première impression : 2010
Dépôt légal : 2010
Bibliothèque et Archives nationales du Québec
Bibliothèque Nationale du Canada

**Éditions AdA Inc.**
1385, boul. Lionel-Boulet
Varennes, Québec, Canada, J3X 1P7
Téléphone : 450-929-0296
Télécopieur : 450-929-0220
**www.ada-inc.com**
**info@ada-inc.com**

**Diffusion**
Canada :        Éditions AdA Inc.
France :        D.G. Diffusion
                Z.I. des Bogues
                31750 Escalquens — France
                Téléphone : 05.61.00.09.99
Suisse :        Transat — 23.42.77.40
Belgique :      D.G. Diffusion — 05.61.00.09.99

**Imprimé au Canada**

Participation de la SODEC. SODEC
Nous reconnaissons l'aide financière du gouvernement du Canada par l'entremise du Programme d'aide développement de l'industrie de l'édition (PADIÉ) pour nos activités d'édition.
Gouvernement du Québec — Programme de crédit d'impôt pour l'édition de livres — Gestion SODEC

# *Remerciements*

Nous tenons à remercier tous ceux qui ont lu et critiqué les versions préliminaires de cette aventure fantastique. Un merci particulier à : Émanuelle Pelletier Guay, Rick Ouellet, Vincent Leclerc et Antoine Leclerc.

Leurs commentaires constructifs nous ont permis d'améliorer l'ouvrage et de rendre les aventures de Miya et Siya encore plus palpitantes. Si vous désirez faire partie de l'équipe d'évaluation des tomes futurs de la série, ou simplement parler avec l'auteur, inscrivez-vous au forum **SeriesFantastiques.com**. Bonne lecture !

# Résumé des épisodes précédents

La ville de Nieslev, reconnue dans les Cent Royaumes pour ses deux temples prestigieux et ses neuf Reliques ancestrales, est mise à sac par une armée de mercenaires. Menés par le noble félon Nirvô de Niruxed, les pillards incendient la ville et dérobent quatre Reliques avant de disparaître comme par enchantement. Le jeune chevalier Miyalrel, qui allait officiellement recevoir son titre lors d'une cérémonie prestigieuse, se précipite jusqu'au temple des Ancêtres dans le but de sauver sa meilleure amie, une petite fille nommée Siyanlis. Esquivant la mort à tous les coins de rue, il arrive au Temple juste à temps pour voir Nirvô abattre Siyanlis d'un rayon d'énergie sur sa *xishâzen nâ*, la gemme bleutée que tous les Xinjis Râ portent au creux de la gorge. La fillette est entièrement désintégrée. Terrassé par le chagrin, Miya jure de la venger et se lance à la poursuite de Nirvô. Cette traque téméraire l'amène presque à mourir aux mains de son ennemi, qui est finalement mis en déroute par le retour de Siyanlis — à l'état de spectre.

Après d'émouvantes retrouvailles, Miyalrel et Siyanlis élaborent un projet audacieux : profiter des nouveaux pouvoirs de la petite fille pour s'introduire dans le camp de l'armée ennemie afin de leur reprendre les Reliques volées. Ce plan leur permet de récupérer les cendres de Nanliya, préservées dans une urne sacrée datant de plusieurs millénaires. Ils reviennent ensuite à Nieslev, poursuivis à leur tour par Nirvô, dont la colère est à son paroxysme. Alors qu'un orage monstrueux s'abat sur la cité saccagée, Siyanlis découvre qu'elle attire désormais la foudre, ce qui la contraint à laisser Miya se débrouiller seul pour faire face à la tempête. Le jeune chevalier arrive à rapporter l'urne au temple des Ancêtres, mais Nirvô déchaîne une gigantesque entité formée d'électricité pure : la Fureur d'Axxaromqah, le dieu fou de la Foudre. Un combat hallucinant s'engage alors dans les champs en bordure de Nieslev — combat que Miya et Siya gagneront au péril de leur vie.

Au terme de l'orage catastrophique, l'armée impériale, en route depuis l'annonce du saccage de trois villes frontalières, arrive enfin à Nieslev. Les jours de terreur sont passés…, mais les forces ennemies n'ont pas été vaincues et peuvent encore se révéler redoutables.

# PREMIÈRE PARTIE

## Sous les flots tranquilles

*J'en comptais huit cents*
*Huit cents beaux enfants*
*Leurs jolis cheveux*
*Jolis comme l'eau bleue*

*Seraient-ils neuf cents*
*Petits innocents ?*
*Comment puis-je savoir ?*
*Dois-je attendre le soir ?*

*Mais après la pluie*
*Je les vois qui rient*
*Je crois qu'ils sont mille*
*Sous les flots tranquilles*

— Extrait de la comptine
*Sous les flots tranquilles*

Xiral d'Araxis

Le Chevalier Impérial des Cent Royaumes. À la tête d'une armée de mille hommes, il s'oppose aux desseins inconnus des forces ennemies.

© 2010 Mylène Villeneuve

# Chapitre 1

Tout en traçant quelques moulinets expérimentaux avec sa sinlé, Miya déambulait dans la place centrale de la ville de Nieslev. Il leva la tête pour contempler le ciel bleu, où les deux soleils de l'empire de Ziellnis jouaient à cache-cache derrière de gros nuages blancs. Il commençait enfin à se sentir mieux. Les derniers jours avaient été difficiles pour lui ; il avait subi de graves blessures en s'opposant à la créature démentielle que Nirvô avait déchaînée sur Nieslev. La Fureur d'Axxaromqah avait été anéantie, en grande partie grâce à Siya, mais le jeune chevalier avait dû passer trois jours au lit pour se rétablir convenablement. À présent, ayant quitté le temple des Ancêtres en ruine, il observait la ville dévastée. Les rues sales bourdonnaient d'activités.

Trois jours plus tôt, le jeune chevalier d'honneur Miyalrel de Xinjis avait assisté, en compagnie de son amie Siyanlis, à l'entrée dans Nieslev du chevalier impérial Xiral d'Araxis, à la tête d'une armée de mille hommes et femmes. Envoyés par l'empereur des Cent Royaumes en réponse aux pillages successifs de trois villes-frontières, Xiral et ses troupes avaient pour mission d'enquêter sur l'origine des forces ennemies et de mettre un terme à leurs ravages. Toutefois, ils avaient dû commencer par venir en aide aux habitants éprouvés de la cité saccagée.

Au cours des deux premiers jours, pendant que Miya endurait sa pénible convalescence, les forces impériales avaient dressé un camp gigantesque dans les collines entourant Nieslev, doublant effectivement la superficie de la ville. Le deuxième soir, le jeune Xinjis Râ avait voulu s'éclipser pour aller admirer le campement, mais il s'était fait attraper par Qinlleh, le grand prêtre du temple des Ancêtres, qui l'avait promptement ramené dans sa couchette en lui ordonnant de dormir. Pour s'en assurer, il avait laissé Siyanlis en sentinelle.

— Désolée, Miya, avait dit la petite fille avec un sourire narquois. C'est Qinlleh qui a raison. Tu ne peux pas aller te promener dans ton état.

Le garçon s'était donc rendormi à contrecœur.

Le troisième jour, la première opération militaire s'était mise en branle. Trois cent cinquante hommes s'étaient rassemblés à l'aube sous le commandement du chevalier Rinyadel. Ils allaient marcher sur les collines où l'armée mercenaire avait dressé son propre campement, de l'autre côté de la rivière Nixim : ces mêmes collines où Miyalrel et Siyanlis avaient combattu d'horribles monstres avant de dérober l'urne des cendres de Nanliya sous le nez de Nirvô et de ses maîtres. Une expédition punitive semblable avait déjà été tentée sans succès ; Rinyadel et ses hommes avaient été mystérieusement contraints de tourner en rond avant de revenir à leur point de départ. Cette fois, cependant, les soldats seraient vingt fois plus nombreux. Même si les ennemis pouvaient recourir à des sortilèges inexplicables, ils ne réussiraient vraisemblablement pas à berner trois cent cinquante militaires solidement entraînés.

Ainsi, la colonne s'était mise en marche au matin. Miya, toujours au lit dans les salles encore habitables du temple, aurait souhaité les accompagner, mais il n'eut pas besoin des conseils de Siya ou de Qinlleh pour comprendre, cette fois, qu'il devait rester sagement à Nieslev.

À présent, c'était l'après-midi. Qinlleh lui avait enfin donné la permission de quitter le temple, estimant que ses blessures et ses brûlures étaient en voie de guérison. C'était donc la raison pour laquelle l'adolescent marchait dans les rues animées en faisant quelques moulinets avec sa sinlé, histoire de voir s'il était toujours capable de manier son arme.

— Alors ? Tu n'as pas perdu la main ?

Le garçon sourit en se tournant vers sa meilleure amie. Bien que Siyanlis ne partageât aucun lien de parenté avec lui, il l'appelait affectueusement sa petite sœur. Elle avait neuf ans. Lui en avait treize. Tous deux étaient des enfants xinjis râ de sang mêlé. Siya avait un père humain, ce qui faisait d'elle une enfant chétive et fragile, fluette pour ses neuf ans. Miya avait une mère humaine, ce qui faisait de lui un enfant qui n'aurait jamais dû naître du tout : c'était censé être impossible. Il avait toutefois grandi en parfaite santé. Mieux que cela, il avait trouvé le moyen de devenir le plus jeune chevalier de l'histoire des Cent Royaumes, aidé en cela par sa maîtrise quasi divine de la sinlé, l'arme traditionnelle à deux lames du peuple des Xinjis.

— J'ai toujours la main, confirma-t-il.

Il fit sauter sa sinlé de la dextre à la senestre et effectua un petit tourbillon compliqué.

— J'ai toujours l'autre main aussi.

Une grimace plissa les commissures de ses lèvres.

— Mais je ferais mieux d'arrêter cela. J'ai mal partout. Si je me rouvre

une plaie, Qinlleh va me clouer au lit
jusqu'à la saison des neiges.

— Oui, je n'en doute pas, dit Siya en
riant.

Elle leva ses grands yeux bleus et
sourit largement.

— Alors, on va voir le camp
militaire?

— Ne joue pas la petite innocente…
Tu l'as déjà exploré d'un bout à l'autre,
n'est-ce pas? Je parie que la moitié des
soldats connaissent déjà ton nom.

La fillette lui tira la langue.

— Tu n'avais qu'à ne pas te laisser
malmener par cette bestiole électrique.
Si tu avais été indemne, tu aurais pu
venir avec moi.

— *Bestiole électrique*? Inyëlh! Cette
créature aurait pu raser la ville entière!

— Et alors? Je m'en suis bien
occupée, moi. Ça ne prend pas un
chevalier.

La petite avait toujours le sourire
fendu d'une oreille à l'autre. Miya décida
de ne pas poursuivre la joute oratoire; il
finissait toujours par perdre à ce genre
de jeu. Siya avait une vivacité d'esprit

qui démentait son jeune âge, et elle adorait plaisanter.

Côte à côte, les deux enfants traver-
sèrent la ville de Nieslev. Partout autour
d'eux, on s'affairait à rebâtir la cité
vaincue. L'armée ennemie et le premier
orage de la saison des pluies, combinés,
avaient presque rayé Nieslev de la carte
du royaume de Tenshâ. Les deux
temples prestigieux de la ville étaient
ruinés ; celui du Monument était une
perte totale. Il faudrait sans doute plus
d'un an pour tout reconstruire.

Miya savait que la ville s'en était
tirée à bon compte sur le plan des pertes
humaines. Les mercenaires avaient fui
avant que la population entière soit
massacrée. Par la suite, l'ouragan n'avait
fait qu'une douzaine de victimes, dont
plusieurs blessés graves qui auraient
succombé de toute façon. On parlait
néanmoins de trois cents morts.

Le garçon baissa les yeux et observa
la chevelure bleue de son amie.

*Trois cent un ? Ou deux cent
quatre-vingt-dix-neuf ?*

Siya avait vécu un événement extra-ordinaire que personne n'avait encore réussi à tirer au clair. Nirvô de Niruxed, dans un geste de pure vilenie, l'avait tuée en tirant un rayon de *kyansé* sur sa pierre de vie, la *xishâzen nâ* que tous les Xinjis Râ portaient dans le creux de la gorge. Elle avait disparu dans une explosion aveuglante de foudre bleue. Puis, elle était revenue — intangible, invisible selon ses désirs, et animée d'une vitalité nouvelle qui avait complè-tement chassé sa fragilité physique. Siyanlis était devenue une petite fille fantôme.

Elle n'était pas morte; c'était mani-feste, puisqu'elle était là, gambadant, parlant, riant. Mais que lui était-il arrivé? Cela, Miya n'était pas en mesure de l'expliquer. Siya non plus; cependant, elle n'avait pas essayé. Au contraire, elle avait consciemment choisi de ne pas s'en soucier. C'était compréhensible, sachant qu'elle venait de gagner, à la loterie du destin, une nouvelle espé-rance de vie en compagnie de son plus cher ami.

Une petite explication, toutefois, n'aurait pas été de refus.

Lorsque les enfants eurent quitté Nieslev, ils gravirent une haute colline herbeuse. Siya le fit sans effort ; elle disparut en coup de vent et réapparut au faîte de l'éminence. Miya dut monter à pied. En arrivant au sommet, il se renfrogna.

— Arrête de faire ça, Siya. Tu vas te faire voir. Nous avons décidé que cela devait rester confidentiel. Il ne faut pas que toute la ville le sache.

La fillette haussa les épaules.

— Je l'ai fait devant Xiral ; il y avait plein de soldats qui regardaient. Ça doit se savoir. Je ne pense pas qu'ils réussissent à garder un secret comme celui-là.

Miya ne répondit pas. Son attention avait été retenue par l'immense camp militaire qui occupait le vallon en contrebas. Des centaines de tentes blanches s'offraient aux regards, lisérées de vert et d'or, surmontées d'étendards aux couleurs de la Ville impériale. De vastes enclos pour les chevaux avaient été bâtis à l'écart. Il manquait maintenant un certain nombre de destriers, empruntés par l'expédition de Val Rinyadel. Une activité constante régnait dans le camp. Trois jours avaient suffi à la Légion impériale pour s'installer, mais tout n'était pas encore organisé. Il restait du travail à faire, si les troupes de l'Empereur comptaient rester plusieurs mois dans le royaume de Tenshâ, ce qui était probablement leur intention.

— Alors? Impressionné?

Siya avait bien compris le silence prolongé de Miya. Le garçon admirait la cité de tentes qui avait poussé par magie dans les collines. C'était cela, l'armée impériale de Ziellnis. Efficacité et force de frappe. Les troupes ennemies n'auraient qu'à bien se tenir.

— C'est formidable, Siya! Regarde ça! Ils sont mille là-dessous!

— *Je crois qu'ils sont mille, sous les flots tranquilles*, fredonna la petite fille.

Le garçon baissa la tête, perplexe.

— Pardon?

— Oh, rien. Une comptine qu'Inylia me chantait. Tu veux descendre ? Je peux te faire visiter le camp.

Elle ajouta après coup :

— Au fait, ils sont six cent cinquante. Les autres sont partis botter les fesses de Nirvô.

— J'espère qu'ils le ramènent dans une cage à *sixis*, marmonna Miya.

Ils avaient fait le tour du campement, bavardé avec les soldats qui n'étaient pas trop occupés, essuyé les questions d'usage sur les cheveux insolites de Miya — bleus et blonds —, et aidé un lieutenant à monter une tente. Ensuite, la curiosité du jeune chevalier ayant été satisfaite, ils avaient pris le chemin du retour. Peu de soldats avaient reconnu en Miyalrel le chevalier d'honneur de la 235e cérémonie du Monument : le garçon était vêtu en civil, et le récit de ses exploits n'avait pas encore fait le tour du campement. C'était normal ;

tous ces hommes avaient dû passer les trois derniers jours à travailler d'arrache-pied sous les ordres de leurs supérieurs, sans avoir l'occasion d'échanger beaucoup de ragots.

Miya n'allait certainement pas s'en plaindre. Sa réputation héroïque commençait à échapper à son contrôle. Il préférait passer inaperçu pendant quelques jours.

— Alors ? Est-ce que c'était à la hauteur de tes attentes ?

— Tu veux dire le camp impérial ? Bien sûr.

Rêveusement, il ajouta :

— Je n'arrive toujours pas à croire que l'Empereur a dépêché le chevalier impérial en personne. Je n'aurais jamais cru le rencontrer.

— On parle tout de même de trois villes saccagées. Si le royaume de Niruxed est derrière cela, ce sera la guerre. Je crois que l'Empereur prend cette éventualité au sérieux.

— De mon côté, je me demande encore ce que les forces ennemies espèrent accomplir avec les Reliques qu'elles dérobent un peu partout. La pierre d'Inyëlh, une poignée d'évangiles, une épée puissante, des cendres, un casque, des clés… Qui est à leur tête, un grand collectionneur fou ? On ne peut rien faire avec un tas de vieilles antiquités.

— Détrompe-toi. Tu as porté le gant de Sivirex, tu sais qu'il renferme une énergie réelle. C'est la même chose avec l'épée de Ten, elle est terriblement puissante. Les évangiles peuvent contenir des secrets anciens que nous ignorons encore. J'avoue que je ne connais pas la légende qui entoure le heaume du roi Tarxë, mais les clés du paradis ne sont pas de vraies clés. Si mes souvenirs sont bons, ce sont des bijoux. On les prétend magiques.

— Et les cendres de Nanliya sont sorties de l'équation depuis que nous les avons récupérées. Tu sais, j'ai toujours le même soupçon.

— Lequel ?

— Ils volent n'importe quoi, pour cacher leur véritable but.

— Je pense la même chose. Le problème est que les pistes sont toutes froides. Les cendres ? Récupérées. La pierre d'Inyëlh ? Je ne lui vois aucune utilité. Les évangiles ? Les deux derniers sont inaccessibles et un autre a brûlé dans un incendie. L'épée de Ten ? D'accord, elle peut couper un ours en deux, mais elle est unique : on ne peut pas conquérir un empire avec une seule épée. De toute façon, il y a d'autres armes puissantes dans les Cent Royaumes.

La fillette soupira.

— Ça me frustre. Je veux comprendre.

— Moi aussi ! dit le garçon.

Tous deux revenaient en direction du temple des Ancêtres ; le soir tombait. En se remémorant la discussion qui s'était tenue trois jours plus tôt, à l'arrivée du chevalier impérial, Miya se mit à réfléchir intensément.

— Nous avions presque tout compris la dernière fois. Ils avaient attaqué une ville dans le seul but de s'emparer d'un évangile.

— Oui, le cinquième. À Qiréna.

— Tu avais conclu qu'ils devaient nécessairement être à la recherche des évangiles : ils n'auraient jamais couru le risque d'attaquer une ville entière sur un coup de bluff.

— Je m'en souviens. J'étais déçue lorsque c'est tombé à l'eau.

— Mais, Siya, ton raisonnement est encore valide, non ? Il y a nécessairement quelque chose dans le cinquième évangile qui les intéresse.

La petite fille ouvrit grand les yeux, subitement visitée par une inspiration.

— Et si… ?

Miya croyait avoir compris aussi.

— Ils recherchent quelque chose qui se trouve *dans un seul évangile* !

— Oui, oui ! Tu te souviens ? Les trois évangiles volés au palais royal de Niruxed ? C'est sans doute là que tout a commencé. Un secret dans les évangiles ! Ils n'ont peut-être pas besoin de tous les tomes. Il leur fallait celui de Qiréna, ou alors ils croyaient en avoir besoin. Mais cela n'a pas suffi, ou le secret n'y était pas. Par conséquent, ils

ont attaqué Zeraxim pour le sixième —
en volant toutes sortes d'autres Reliques
pour brouiller les pistes — et Nieslev
pour le septième !

— Les idiots ! Ils auraient dû voler
autre chose à Qiréna aussi.

— Ils ne pouvaient pas ! dit triom-
phalement Siya. Il n'y avait qu'une
Relique dans le temple de Qiréna — le
cinquième évangile !

— Alors, c'est peut-être fini ? Si le
secret qu'ils recherchent n'est pas dans
le septième évangile, ils sont faits
comme des rats. Ils ne retrouveront
jamais le huitième dans une cité
mythique, ou le neuvième dans un
temple du passé !

— Nous serons peut-être chanceux,
dit Siyanlis.

Miya l'observa en silence. Elle avait
parlé sans conviction. D'ailleurs, l'adolescent lui-même savait qu'ils ne pouvaient pas compter sur une telle
bénédiction. Les forces ennemies déte-
naient maintenant six évangiles sur
neuf. Si le secret convoité était inscrit
dans l'un des trois derniers volumes,

c'était vraiment la poisse pour Nirvô et ses maîtres. Or la perversité de l'Univers était grande. La malchance s'acharnait rarement sur les criminels et les malfaiteurs. Elle préférait s'abattre sur leurs victimes.

— Ils le savent, dit sombrement le jeune garçon.

— Que savent-ils ?

— Où sont les deux derniers. Où les trouver.

Miya n'avait aucune preuve pour confirmer cette hypothèse, aucune raison convaincante de l'avancer. Il était pourtant certain, dans la lumière triste du crépuscule, qu'il avait raison.

# Chapitre 2

Alors que la nuit tombait, on entendit des cris nombreux dans les rues de Nieslev. Tout d'abord, Miya n'y prêta pas attention. Allongé sur sa couchette installée au rez-de-chaussée du temple des Ancêtres, dans la partie encore habitable du bâtiment, il échangeait des plaisanteries avec Siya en attendant l'heure de dormir. Alors que la petite fille venait d'achever une blague salée, faisant légèrement rougir son ami, les clameurs venues de l'extérieur s'intensifièrent. La colère transparaissait dans les voix.

— Mais… il y a une émeute dehors, dit le jeune chevalier.

— Je reviens, dit simplement Siya.

Elle disparut en soulevant un vent violent. Les draps et les cheveux de Miya furent secoués. L'adolescent se mit à rire et se releva. Ses blessures guérissaient bien ; il n'avait plus besoin de longues périodes de repos pour calmer la douleur. Il pouvait donc aller voir ce qui

se passait. Les autres convalescents
hébergés dans le temple commençaient
aussi à s'agiter.

Tout à coup, le vent du Souvenir se
leva à nouveau. Siyanlis réapparut, cheveux balayés par sa propre brise
surnaturelle.

— Rinyadel est de retour!
s'exclama-t-elle avec joie. C'est une
victoire totale! Ils ont complètement
laminé l'armée ennemie. Ils reviennent
avec des dizaines de prisonniers!

— Sans blague?

— Sans blague! La nouvelle se
répand dans la ville, tout le monde veut
les lyncher. Les soldats sont presque
obligés de les défendre!

— *Presque?*

— Ils ne font pas beaucoup d'efforts
pour arrêter les pierres et les fruits
pourris, dit narquoisement la petite
fille.

Le grand prêtre Qinlleh, la prêtresse
Inylia et d'autres clercs du Temple se
déplaçaient, tant pour calmer les blessés
que pour comprendre, eux aussi, la
cause de l'agitation. Siya eut tôt fait d'ex-

pliquer ce qui se passait. Rinyadel et ses hommes étaient tombés comme la foudre sur le camp ennemi. Après avoir exterminé les monstres qui erraient dans les parages, ils avaient fondu comme une vague de vengeance sur les tentes et les mercenaires qui les occupaient. Aucun piège surnaturel ne s'était refermé sur eux. Ils avaient remporté une victoire à ce point écrasante qu'ils n'avaient perdu que six de leurs trois cent cinquante hommes. Parmi les ennemis, ceux dont les cadavres ne refroidissaient pas dans les collines avaient été traînés, enchaînés, jusqu'à Nieslev, où la population, dans la lumière déclinante du soir, les bombardait de tomates, de débris et d'invectives à racornir les oreilles d'un pirate. Ça virait à l'émeute et les soldats devaient maintenant s'interposer physiquement entre le cortège de prisonniers et la foule hurlante.

— Fini ! s'exclama joyeusement Miyalrel. J'espère qu'ils ont eu Nirvô !

— Je n'ai pas demandé, avoua Siya.

— Alors, allons-y !

Le garçon ramassa sa sinlé, voulut la passer en bandoulière, se souvint qu'il portait ses vêtements civils, et décida finalement de laisser l'arme dans le Temple. Il n'aurait rien à craindre en présence de plus de trois cents soldats de l'armée impériale.

Suivi de Siyanlis et d'Inylia, Miya quitta le bâtiment et avança sur l'esplanade. Le chevalier Rinyadel, monté sur un destrier beige, venait à leur rencontre.

— Je viens au rapport, affirma-t-il. Où est le chevalier impérial ?

— Avec Qinlleh, dit l'adolescent. Il arrive. Dites-moi, avez-vous capturé Nirvô de Niruxed ? Grand bonhomme, cicatrices, deux doigts manquants, fou à lier ?

Le chevalier adulte se renfrogna.

— Le sort de ce Nirvô fait partie des sujets sur lesquels je dois m'entretenir avec le chevalier impérial. Il se passe de drôles de choses dans ce Royaume.

Miya et Siya échangèrent un regard. Les paroles de Rinyadel n'auguraient rien de bon.

— Que s'est-il passé ?

— Tu le sauras en temps et lieu, Miyalrel. Tu es un chevalier, tu dois te conformer à notre hiérarchie et à ses protocoles. Ce n'est pas à toi que je suis venu faire mon rapport.

Pendant ce temps, Siya tourna la tête et sourit gentiment.

— Les voilà.

Tous les regards se tournèrent vers les nouveaux venus. Qinlleh, le grand prêtre du temple des Ancêtres, avait revêtu des robes neuves et retrouvé toute sa prestance. Xiral d'Araxis, le chevalier impérial, dégageait une force physique et morale qui impressionnait presque autant que sa carrure et sa formidable chevelure rousse.

— Chevalier Rinyadel, au rapport !

— Ça va, laisse tomber les formalités. C'est la conséquence de mon rang que j'aime le moins, ajouta-t-il en aparté à l'intention de Qinlleh.

— Il faut savoir porter ses responsabilités, monseigneur Neuf Étoiles, affirma sentencieusement le vieux clerc, non sans une lueur taquine dans les yeux.

Miya avait toujours peine à croire que Qinlleh et Xiral soient des amis de longue date. Il voyait le grand prêtre comme un vieil oncle bienveillant ; d'un autre côté, il révérait le chevalier impérial comme la plus haute autorité des Cent Royaumes après l'Empereur, ce qui n'était pas loin de la vérité. Aussi, lorsqu'il voyait les deux hommes se lancer des vannes avec l'insouciance d'une paire de garnements, ses perceptions contraires, voire incompatibles, s'entrechoquaient et laissaient l'adolescent totalement décontenancé.

— Allons au Cube, suggéra Xiral. Nous parlerons là.

Le Cube était ce qui restait d'un entrepôt jouxtant un commerce de Nieslev. Ses quatre murs de pierre étaient restés parfaitement intacts, alors que l'orage avait nettement escamoté le toit. Les boîtes de marchandises avaient été déplacées, une bâche avait été tendue en guise de nouvelle toiture, et l'intérieur, en forme de cube parfait, était devenu un lieu de rencontre pour les commandants de l'armée impériale et les figures importantes de l'autorité locale, notamment le grand prêtre Qinlleh et le major Tel Sovim, chef de la garnison de Nieslev.

Deux soldats de ladite garnison surveillaient la porte. Ils s'écartèrent pour laisser passer Xiral, Rinyadel et Qinlleh. Inylia resta derrière avec les deux enfants. Miya s'efforça de cacher sa déception. Apparemment, personne n'allait les inviter à entrer.

— Rentrons au temple, suggéra la jeune femme. Ils nous diront ce que nous devons savoir.

L'adolescent suivit la prêtresse avec mécontentement. Rinyadel aurait pu au moins lui dire ce qui était arrivé à Nirvô. Ce n'était tout de même pas un secret d'État.

Il eut soudain une idée mesquine.

— Siya…

— Tut tut, coupa Inylia. Je vous ai à l'œil, les enfants. Pas d'entourloupes.

Elle regarda Siyanlis dans les yeux.

— Tu restes où je peux te voir, chérie, jusqu'à ce que leur réunion soit terminée. La curiosité est un vilain défaut lorsqu'elle rencontre le secret militaire.

La petite fille acquiesça en silence. Inylia était en quelque sorte sa mère adoptive. Elle lui avait toujours laissé beaucoup de liberté, mais d'un autre côté, Siya avait vécu la moitié de sa vie alitée ; faire les quatre cents coups n'était pas dans le registre de ses capacités. Maintenant qu'elle disposait d'un miraculeux regain de vie et de nouveaux pouvoirs inexpliqués, Inylia soupçonnait que sa petite protégée aurait besoin de supervision.

— Miya, tu devrais avoir honte.

— Pourquoi ?

— Tu allais lui demander d'espionner Qinlleh et le chevalier impérial. N'essaie pas de le nier ; c'était écrit sur ton visage. N'encourage pas ta petite sœur à faire des mauvais coups.

— Oh, elle n'a pas besoin d'encouragement pour cela.

Siya lui donna un coup de pied au tibia. Ce qui n'eut aucun effet, bien entendu.

De retour au temple, Miya prit son mal en patience en aidant Inylia à soigner les autres blessés. Leurs propres blessures étaient en voie de guérison ; d'autres avaient été moins chanceux et avaient toujours besoin de soins intensifs. Par chance, la Légion impériale avait apporté une telle quantité de ressources, incluant baumes et onguents curatifs, que personne n'était plus en danger de mourir. Siya, pendant ce temps, s'ennuyait à la fenêtre. Elle serait bien allée jouer dans la ville, mais si elle quittait le temple, Inylia la soupçonnerait d'être partie espionner les comptes rendus de la mission militaire.

— Tu ne me fais pas confiance ? s'était-elle plainte.

— Non, avait répondu Inylia avec un demi-sourire. Siyanlis, je te connais trop bien. Tu n'as pas un grain de malfaisance en toi, mais tu es curieuse. Tu veux tout savoir et tu penses que ceci n'est qu'un jeu divertissant. Tu seras au Cube dès que tu mettras un pied dehors. Alors, tu restes là et tu continues à bouder gentiment.

Miya, la tête détournée, n'avait pu s'empêcher de sourire.

À présent, pendant que Siya essayait de tuer le temps en agaçant un papillon, le garçon aidait la jeune prêtresse à changer les pansements d'un soldat qui avait perdu le bras gauche dans les combats. À l'extérieur, les cris de la foule s'étaient tus. Miya se demandait vaguement où les troupes de Xiral allaient loger les captifs. La prison de Nieslev, bien qu'elle soit demeurée relativement intacte, n'était pas assez grande pour séquestrer autant d'hommes. L'adolescent cessa rapidement d'y songer; en réalité, il s'en moquait. Tous ces forbans pouvaient être pendus haut et court sans qu'il s'en émeuve outre mesure.

Deux soldats entrèrent dans le temple des Ancêtres et avancèrent vers un clerc posté près de l'entrée. Avec intérêt, Miya reconnut les hommes qui avaient été de faction devant le Cube. Le prêtre fit un geste en direction d'Inylia et les soldats s'approchèrent.

— Comment puis-je vous aider? demanda la prêtresse.

— Nous recherchons une jeune fille du nom de Siyanlis. Le seigneur Xiral désire s'entretenir avec elle.

Miya et Siya échangèrent un regard étonné. La fillette sauta du rebord de la fenêtre et s'approcha avec un grand sourire.

— C'est moi.

Les deux soldats levèrent des sourcils interloqués. De toute évidence, personne ne leur avait dit que la «Siyanlis» qu'ils devaient conduire devant le chevalier impérial paraissait avoir six ans. Ils se tournèrent vers Inylia, soupçonnant une plaisanterie enfantine, mais la jeune femme balaya promptement leurs hésitations.

— Il n'y a qu'une Siyanlis ici. C'est bien elle.

— Fort bien. Veuillez nous suivre.

Miya ne put s'empêcher de lever la voix.

— Puis-je venir aussi ?

— Êtes-vous le chevalier Miyalrel ?

— C'est moi.

Les militaires hochèrent la tête.

— Vous êtes également convié si vous le désirez.

Non sans fierté, le jeune garçon se rangea auprès de sa petite sœur et emboîta le pas aux deux hommes. Voilà que lui et Siya étaient mandés par le chevalier impérial lui-même.

— Ils ont fini par comprendre qu'ils ne pouvaient pas se passer de nous, rigola-t-il.

— Je te rappelle que c'est *moi* qu'ils veulent voir. Toi, c'est seulement « si vous le désirez ».

— Nous le désirons, affirma royalement l'adolescent.

Il ne voulait pas admettre que l'invitation, adressée spécifiquement à Siya, avait froissé son amour-propre ; la fillette était tout de même sa meilleure amie.

Les deux jeunes Xinjis Râ n'avaient guère besoin de guides, puisqu'on les amenait simplement au Cube. Lorsqu'ils furent devant l'édifice, Miyalrel chassa toute bouffonnerie de ses traits et afficha une expression austère. Il allait comparaître devant Rinyadel, Xiral, et dans une moindre mesure, Qinlleh. Ce n'était pas le moment de se livrer à des facéties.

Siya, elle, n'eut aucune gêne. Elle entra et lança à la ronde :

— Vous vouliez me voir ?

— Ah ! dit Xiral en la voyant. Voilà notre petite miraculée.

Il se tourna vers le chevalier Rinyadel et continua :

— La voilà. La solution à notre petit problème — si elle consent à nous aider.

# Chapitre 3

Une table avait été posée au centre du Cube. C'était un grand plateau carré, sur lequel des plans et des cartes étaient déployés. De nombreuses lanternes illuminaient les lieux ; il faisait maintenant nuit à l'extérieur. Dix chaises étaient disposées autour de la table. Xiral, Qinlleh et Rinyadel en occupaient trois. Trois autres officiers étaient assis. Miya reconnut en l'un d'eux le major Tel Sovim. Lorsque Xiral fit rapidement les présentations, il apprit que les deux autres faisaient partie de l'armée impériale ; ils étaient, comme Rinyadel, des chevaliers de 6e rang, bien qu'un seul portât actuellement son uniforme et ses étoiles. Rinyadel était le seul Xinjis Râ du groupe, hormis Miya et Siya eux-mêmes.

Après les politesses d'usage, Miya se tut. Le chevalier impérial désigna la carte principale étalée devant lui. Elle représentait le royaume de Tenshâ.

— La situation est problématique, affirma Xiral.

Il y eut un silence. Miya ouvrit nerveusement la bouche.

— Que… que s'est-il passé ?

— Le chevalier Rinyadel pourra l'expliquer mieux que moi.

Tous les yeux se posèrent sur Rinyadel. Nullement incommodé, le Xinjis Râ désigna sur la carte l'endroit où l'armée mercenaire avait établi son camp.

— Vous savez qu'au lendemain de l'attaque initiale, nous avons voulu monter une expédition punitive contre les forces ennemies pendant qu'elles étaient encore à notre portée. J'ai mené cette expédition. Nous n'avons rien vu ; nous sommes mystérieusement revenus à Nieslev sans même comprendre comment nous avions pu faire demi-tour. Miyalrel avait alors émis une hypothèse concernant un allié de Nirvô de Niruxed, capable de recourir à un sortilège inconnu grâce auquel l'armée entière aurait pu fondre sur Nieslev sans être détectée à l'avance.

— Oui, je m'en souviens.

— Maintenant, additionnons logiquement les termes de l'équation. Cet homme a le pouvoir d'escamoter une armée entière à la vue des hommes. Normalement, rien ne l'aurait empêché de répéter l'exploit. Cela faisait partie de mes craintes lorsque nous sommes partis ce matin, malgré les trois cent cinquante hommes sous mon commandement. Or nous sommes arrivés de l'autre côté de la rivière Nixim sans difficulté. Nous avons eu maille à partir avec une douzaine de créatures affreuses sorties droit de Qentawah. Elles ont réussi à tuer quelques-uns de mes hommes, mais nous les avons vite éliminées. Et lorsque nous sommes arrivés au camp ennemi, personne ne s'attendait à nous voir. Nous avons remporté une victoire *beaucoup trop facile*.

Miya hésita. Il savait qu'il risquait de se couvrir de ridicule en posant sa prochaine question, mais finalement, devant le mutisme des hommes rassemblés, il n'y tint plus.

— Où est le problème dans une victoire facile ?

— Ah, telle est la question. Voici la réponse : tous nos captifs, ainsi que tous les morts que nous avons pu identifier, sont des mercenaires, des déserteurs, des canailles de rue, des brigands et des assassins. En bref, des hommes de sac et de corde. Nulle part n'avons-nous rencontré le dénommé Nirvô de Niruxed, ni le moindre personnage ayant des pouvoirs magiques.

Miya eut l'impression que ses entrailles se dégonflaient .

— Nirvô s'est éclipsé ?

— C'est pis que ça, murmura Siya.

Tous les regards quittèrent Rinyadel et se posèrent sur la fillette. Elle leva les yeux. Son petit visage encadré de cheveux bleus était empreint de sagesse et de gravité. L'effet était saisissant chez une enfant si jeune, surtout lorsqu'on connaissait sa personnalité véritable, taquine et enjouée. Cette superbe illusion de maturité était l'atout qu'elle jouait lorsqu'elle voulait être prise au sérieux. Cela fonctionnait à merveille. Miya lui enviait ce talent.

— Parle, Siyanlis, l'encouragea Qinlleh. Nous t'écoutons tous.

— Vous savez déjà ce que je vais dire, accusa gentiment l'enfant.

— Oui, sans doute.

— Pas moi, interjeta Miya.

Siya sourit, mais le cœur n'y était pas. Ce qu'elle allait dire avait de graves conséquences.

— Nirvô n'est pas leur chef. Nous savons cela. Il a au moins deux alliés ou supérieurs. Miya les a vus dans leur tente avant de leur reprendre les cendres de Nanliya. L'un d'eux est probablement l'homme qui manipule les dimensions spatiales. Celui qui permet aux armées de s'approcher des villes sans être vues. L'autre est inconnu, mais pour le moment, cela ne change rien.

Elle se tut et étudia les visages silencieux qui l'observaient.

— Continue, dit le chevalier impérial d'une voix qu'il voulait sans doute douce, mais qui émergea en grognement de sa caverneuse poitrine.

Xiral était impressionné par les capacités de déduction de cette frêle enfant. Il voulait savoir jusqu'où elle pousserait son raisonnement, sans qu'il soit nécessaire de l'aiguiller. Il connaissait déjà la conclusion sur laquelle Siyanlis travaillait, mais cela ne l'empêchait pas d'admirer la perspicacité inouïe dont elle faisait preuve.

Siya reprit la parole, peu enthousiaste.

— Nirvô et ses chefs ont fui, dès qu'ils ont su que l'armée impériale était en route. Ils ont les Reliques dont ils ont besoin pour accomplir leurs projets. Ce sont eux, nos ennemis véritables, et nous ignorons complètement ce qu'ils veulent faire.

— Mais peu importe ce qu'ils veulent faire, protesta Miya. Nous avons écrasé leur armée. Ils ne sont plus en mesure de faire quoi que ce soit.

La fillette secoua vivement la tête.

— Non. Le chevalier Rinyadel dit qu'ils ont gagné trop facilement. Je sais pourquoi. Nirvô et ses maîtres ont tout ce qu'il leur faut. Ils n'ont plus *besoin* de leur armée. Ils n'ont pas seulement fui lorsque la Légion impériale s'est mise en marche. Ils ont volontairement trahi leurs propres hommes. Vous vous souvenez comment les mercenaires sont apparus à Nieslev sans qu'on les ait vus venir ? Ils semblaient sortir de nulle part !

Rinyadel tressauta.

— Attends un peu, c'est exactement…

— Exactement l'impression que vous avez eue lorsque vous êtes arrivés à destination, n'est-ce pas ? Vos ennemis ne vous ont jamais vus venir. *Comme si vous étiez sortis de nulle part.*

Des regards consternés furent rapidement échangés autour de la table. Jusqu'à quel point les hommes rassemblés avaient-ils poussé le raisonnement ? Car maintenant que Siyanlis venait de tout révéler, il était clair que leur victoire n'en était plus une. Ils avaient été manipulés comme des enfants. Ils avaient fait la sale besogne de Nirvô et de ses alliés en éliminant leurs hommes de main. Pendant ce temps, le félon de

Niruxed courait toujours, en possession des précieuses Reliques dont il avait besoin pour mener à bien quelque projet sûrement odieux.

Siya observa le chevalier impérial. Il n'avait démontré aucune surprise. Il avait déjà compris ce que l'enfant venait de déduire. En retour, la petite fille devinait pourquoi Xiral avait voulu s'entretenir avec elle.

Le colosse roux hocha doucement la tête. Il avait lu la compréhension dans les yeux de Siya.

— Je sais ce que tu peux faire, dit-il. C'est pourquoi je voudrais te confier une mission, mais uniquement si tu désires l'accepter.

— Vous voulez que je vous aide à retrouver Nirvô de Niruxed.

Miya sursauta.

— Holà ! c'est beaucoup trop dangereux.

Il s'interrompit, comprit ce qu'il allait dire, et sourit largement. Cela ne représentait aucun danger pour *Siyanlis*. Insaisissable, elle avait le pouvoir de se déplacer à volonté dans l'espace. Nirvô ne la verrait jamais venir. Il ne pourrait pas se dissimuler à ses yeux. Et il ne pourrait rien tenter contre elle, même si elle surgissait droit devant lui.

— Bien sûr que j'accepte, dit joyeusement la fillette.

— Mais, Siya, comment vas-tu faire ? Ils peuvent être n'importe où dans le Royaume !

Xiral reprit la parole.

— Nous savons cela. Nous supposons toutefois que l'allié de Nirvô n'a pas exactement les mêmes facultés que ta jeune amie. Ce serait, après tout, trop extraordinaire. Il a le pouvoir d'altérer la perception humaine de l'espace, peut-être même de franchir les dimensions. Mais nous ne croyons pas qu'il puisse quitter instantanément le Royaume. Le temps écoulé entre les saccages des trois villes correspond à la distance qui les sépare ; l'armée mercenaire se déplaçait à la vitesse d'un homme au pas. Il doit en être de même pour Nirvô et ses alliés restants.

Le chevalier impérial posa la main sur la carte devant lui.

— Nous nous servirons de ceci.
Siyanlis, tu partiras une heure à la fois.
Chaque fois que tu reviendras, nous
noircirons les régions que tu auras
explorées. Pendant ce temps, nos stratèges tenteront d'anticiper les mouvements futurs de Nirvô en fonction des
informations que les prisonniers capturés nous livreront. Croyez-moi, ils en
auront beaucoup à dire.

Miya jeta un regard sur sa jeune
amie.

— Tu vas t'amuser. Fouiller le
Royaume entier à la recherche de trois
hommes !

— Bien sûr que je vais m'amuser,
dit l'enfant.

Elle était sincère ; cela se voyait dans
son regard excité. Miya devinait qu'elle
était très fière d'avoir été choisie pour
aider le chevalier impérial de Ziellnis.
Qinlleh n'avait émis aucune objection ;
il savait sans doute, comme Miya, que
Siya ne courait aucun risque réel.

— Bien entendu, dit Xiral, tu seras
libre de te reposer quand tu le souhai-

teras. Si je ne suis pas disponible lors de l'un de tes retours, confie tes découvertes à n'importe lequel d'entre nous. Tous les hommes à cette table sont dignes de confiance… et connaissent ton petit secret.

— Alors, il n'est plus très secret, dit-elle narquoisement. Quand puis-je commencer ?

Le chevalier impérial eut un large sourire amusé.

— Quand tu voudras !

Il traça un cercle autour des collines où les mercenaires avaient connu la défaite.

— Commence par cette région. Il demeure possible que Nirvô et ses alliés n'aient pas fui aussi loin que prévu. C'est improbable, mais nous devons procéder méthodiquement.

L'enfant hocha la tête. Elle étudia la carte et ferma brièvement les yeux pour visualiser une scène en pensée. Lorsqu'elle les rouvrit, elle regarda les hommes rassemblés et sourit. Une lueur mesquine brillait dans son regard.

— Trois, deux, un!

Un vent soudain se leva. La carte vola dans le visage de Xiral. Les yeux des spectateurs s'écarquillèrent, exception faite de ceux de Miyalrel et Qinlleh. Siyanlis avait disparu.

Le chevalier impérial reposa la carte sur la table en grommelant.

— Dites-lui de ne plus faire cela la prochaine fois. Elle est en mission pour l'Empereur. Il y a des règles de bienséance à respecter.

Miya pouffa de rire. Siya en mission pour l'Empereur. Il fallait plutôt dire : Siya à la découverte du Royaume qu'elle n'avait jamais pu visiter de son vivant.

Enfin, elle vivait toujours. Même si elle était devenue une drôle de petite fille.

# Chapitre 4

Les jours suivants furent mouve-
mentés dans la ville de Nieslev et
les environs. Il fallait rebâtir une grande
partie de la cité ravagée, aussi fit-on
appel à de nombreux artisans venus de
villes voisines : charpentiers, maçons,
orfèvres, architectes et ouvriers. Le roi
Shirès, seigneur actuel du royaume de
Tenshâ, consentit à ouvrir ses coffres,
dépêchant également ses propres
troupes afin d'apporter son soutien à
l'armée impériale. Deux navires chargés
de ressources civiles et militaires parti-
rent de Milstrem. Ils comptaient gagner
Nieslev en remontant le fleuve des Rois,
puis en empruntant la rivière Tarxë.

Alors que tous ces gens étaient en
route, deux cérémonies importantes faisaient l'objet de préparatifs solennels.
La première, religieuse, représentait les
funérailles de tous les malheureux qui
avaient péri dans le sac de Nieslev.
La seconde n'était nulle autre que la
235e cérémonie du Monument, qui avait

été tragiquement interrompue avant que les nouveaux chevaliers puissent officiellement recevoir leurs titres. Ils pourraient enfin être décorés de leur première étoile de bronze, à laquelle une deuxième s'ajouterait immédiatement en vertu de leur baptême du feu.

Miyalrel, en dépit de la douleur résiduelle de ses blessures, assista au service funéraire, de la première à la dernière parole. Le tout s'était déroulé au pied de la colline Verte, la plus importante des nombreuses éminences qui entouraient la ville. Les témoignages et les éloges funèbres s'étaient étendus sur plusieurs heures, mais personne n'avait protesté. Un à un, les corps enveloppés dans des linceuls blancs avaient été déposés dans une longue tranchée, creusée le matin même par un groupe de vingt soldats de la Légion impériale. Chaque fois que la petite dépouille d'un enfant était mise en terre, des nœuds se formaient dans toutes les gorges.

La cérémonie ne fut pas entièrement mélancolique. Miya eut notamment la

joie d'y croiser un homme qu'il n'aurait
pas cru revoir vivant : le domestique de
feu Vesyné, accompagné de la fille du
regretté marchand. Nizielle reconnut
l'adolescent qui l'avait sauvée des
flammes et lui fit un petit signe de la
main, exprimant sa reconnaissance par
un sourire complice. Miyalrel lui rendit
la pareille, heureux de savoir que la
fillette avait survécu.

Cette rencontre inattendue lui
donna le courage d'assister au reste des
funérailles.

Le lendemain, lorsque la cérémonie
du Monument fut reprise et achevée
devant les ruines du Temple du même
nom, la plupart des mêmes officiants
étaient présents devant la foule. Cette
fois, cependant, l'atmosphère était con-
sidérablement moins lourde. On sentait
même un petit air de fête. Siyanlis avait
interrompu ses recherches dans les
forêts du Royaume afin de venir y
assister. Son ami Miyalrel était debout
au premier rang, comme la première
fois, à cette différence qu'il arborait sa

sinlé de cristal bleu en bandoulière sur son uniforme tout neuf de chevalier.

Rinyadel se tenait sur une estrade érigée pour l'occasion. Il proclama d'une voix fière :

— Nous demandons au chevalier d'honneur Miyalrel de Xinjis, fils de Viyenrel, neuvième du nom, de bien vouloir s'avancer afin de recevoir les honneurs dus à son rang.

Sous les acclamations et les vivats de la foule, qui reconnaissait en lui le « héros » qui avait fait cesser l'attaque ennemie, l'adolescent, rouge comme une tomate, gravit les quelques degrés branlants de l'échafaudage de fortune et se présenta devant Rinyadel. Il reçut alors sa première étoile d'argent, en tant que chevalier d'honneur, ainsi que sa deuxième, en reconnaissance de son premier combat mené avec bravoure. Par ailleurs, ses exploits exceptionnels au cours des derniers jours furent récompensés par une médaille bleue nommée la « Flèche céleste ».

En dépit du trac qu'il ressentait, le jeune garçon parvint à formuler les remerciements protocolaires d'usage sans se couvrir de honte. Il assista ensuite consciencieusement à la suite de la cérémonie, au cours de laquelle l'Ordre des chevaliers fut officiellement enrichi de dix-huit nouveaux membres respectés. Siyanlis s'était faufilée jusqu'à ses côtés, regorgeant de fierté, et semblait mettre les officiants au défi de la chasser. Personne ne prononça un mot.

Ce soir-là, alors que Miya, malgré lui, admirait ses deux étoiles d'argent et sa médaille, un vieil homme qu'il connaissait bien lui rendit visite au temple des Ancêtres. Nul autre que Xis, le sinléya de grand renom, auprès de qui le jeune garçon avait déjà pris quelques leçons.

— Je vois que j'avais raison de placer ma confiance en toi, Mirayel.

L'adolescent se mit à rire.

— Vous dites cela comme si vous m'aviez tout enseigné. Et je m'appelle Mi-*yal*-rel.

— Mais je le connais, ton nom, fit le vieil homme.

Miya sourit, mais n'insista pas.

— Vous vouliez me voir?

— Oui… En fait, que dirais-tu de poursuivre ton entraînement? Je suis ici, je compte y rester quelque temps, et tu es l'élève le plus doué qu'il m'ait été donné de rencontrer.

— Bref, vous vous ennuyez et cherchez à tuer le temps.

— L'insolence n'est pas un trait qui sied à une saine relation de maître à disciple, affirma sentencieusement le vieillard.

— Mais j'ai raison.

Xis soupira.

— Oui.

— Alors, j'accepte avec joie. Mais mon devoir de chevalier prendra le dessus, si Rinyadel ou les autres ont besoin de moi.

— Ils ont plus de mille hommes à leur disposition. D'autres arrivent demain de Milstrem. Tu es peut-être un petit héros, Miyalrel, mais tu n'es pas le seul chevalier de l'Empire. Demain, à l'aube, viens me rejoindre à la grande maison où nous nous sommes rencontrés durant l'orage. J'ai eu la permission de m'y installer. Nous pourrons y poursuivre notre entraînement.

Miya acquiesça, sans démontrer d'excitation apparente. Intérieurement, en revanche, il avait déjà hâte au lendemain. Les soins reçus l'avaient maintenant remis sur pied, aussi l'offre de Xis était-elle tombée au bon moment. Miya n'avait aucun talent particulier pour aider à la reconstruction de la ville. Par conséquent, quitte à en être réduit à pousser des brouettes de briques, il préférait développer ses habiletés à la sinlé.

Ce fut ainsi que pendant deux jours, Miyalrel et Xis s'entraînèrent dans le grand salon évidé du bâtiment, dont le propriétaire, apparemment, avait disparu au cours du sac de Nieslev. Le vieux sinléya, à la fois têtu et riche, avait dû obtenir des autorités de la Ville qu'on le laisse occuper les lieux. Après tout, on ne pouvait exiger qu'un frêle vieillard de son âge dorme à la belle étoile, ou dans le temple des Ancêtres à demi effondré.

Le « frêle vieillard » avait donc pu prodiguer toute sa science à son jeune disciple, sans être interrompu ou dérangé par d'importuns spectateurs.

— Vous êtes vraiment fort, dit Miya au terme d'une séance particulièrement éprouvante. On dit que je suis un petit génie avec une sinlé, mais je n'arrive jamais à vous toucher.

— Oh, ce n'est pas tout à fait vrai, dit le vieil homme en tâtant une éraflure sur sa joue.

— D'accord, je vous ai touché une fois.

— Deux, dit Xis en désignant son flanc. Mais ne te laisse pas décourager. Je m'exerce avec une sinlé depuis que j'ai ton âge. On peut dire que j'ai *beaucoup* d'expérience. Et c'est justement cette expérience qui me permet d'affirmer que tu seras un jour meilleur que moi. Je n'ai jamais vu un garçon de ton âge apprendre si vite les techniques sinléyanes du maître Lesrev.

— Vous voulez dire…

— À peu près toutes celles que je t'ai enseignées jusqu'à présent : la roue des Lames, le pal du Diable, la scission du Sang… Lesrev était un *vrai* génie.

Non que tu lui sois nécessairement infé-
rieur. Dans quelques dizaines d'années,
s'il était possible pour toi de remonter le
cours de l'histoire, tu lui apprendrais
sans doute une sérieuse leçon.

— Quand pensez-vous pouvoir
m'enseigner la Spirale majestueuse?

Miya n'avait pas réussi à dissimuler
pleinement son emballement. Xis l'observa d'un œil à la fois critique et
narquois.

— Dans quelques dizaines d'années,
goguenarda-t-il.

Le garçon n'insista pas. Il savait que
le vieil homme défendait ses secrets, et
la technique imparable connue sous le
nom de la «Spirale majestueuse» en
était un. Miya avait bien essayé de lui
en arracher une démonstration, «juste
pour voir», mais Xis avait d'abord
insisté sur la maîtrise parfaite d'une
technique inférieure. Bien entendu,
l'adolescent n'avait pas su démontrer un
tel niveau de maîtrise à l'âge de treize
ans, tout petit génie qu'il fût.

Il était donc rentré au Temple, faisant tourbillonner sa sinlé dans tous les

sens en se battant contre une meute d'ennemis imaginaires.

Les navires en provenance de Milstrem étaient en retard. Vraisemblablement, ils avaient eu de la difficulté à se procurer les ressources qu'ils destinaient à Nieslev, car plusieurs expéditions marines étaient récemment parties de Milstrem sur les mers anciennes, dégarnissant les entrepôts des commerçants et les étalages de victuailles. On annonçait maintenant leur arrivée le soir.

Lorsqu'ils apparurent enfin, c'était au milieu de la nuit. Miya, qui dormait au Temple, n'eut pas conscience de l'agitation qui s'ensuivit pendant quelques heures. Le lendemain, toutefois, il alla aider la garnison de Nieslev à distribuer la cargaison aux secteurs de la ville qui en avaient besoin. Cette tâche l'occupa une bonne partie de la matinée; il consacra ensuite son après-midi à une autre séance d'entraînement avec Xis, au cours de laquelle le vieux sinléya lui enseigna une feinte particulièrement

dangereuse qui impliquait la simula-
tion d'une blessure grave et une riposte
aussi subite qu'inattendue. Lorsque le
soir vint, Miya avait acquis une nouvelle corde à son arc. Selon le vieil
homme, on allait finir par faire de lui
un vrai sinléya.

Le jeune chevalier sourit sardoniquement. Son maître avait toujours le
mot pour rire.

Pendant ce temps, au Cube, Xiral et
Qinlleh examinaient la carte déployée
sur la table centrale de leur petit quartier général. Le grand prêtre poussa un
petit sifflement admiratif lorsqu'il vit
toutes les régions grisées au fusain.

— Elle a exploré tout ça ?

— De façon très minutieuse. Elle
fouille dans toutes les clairières et les
bosquets cachés, dans les ruelles des
villages, dans les caves des maisons, sur
les berges des rivières… Nous lui avons
dit qu'elle pouvait se reposer, mais elle

prétend qu'elle n'en ressent pas le besoin. Cela semble vrai, en plus ! Elle travaille jour et nuit depuis cinq jours.

— En faisant chou blanc, je suppose.

— Malheureusement, dit le colosse avec une grimace. Je crois qu'il faudra bientôt se rendre à l'évidence. Ils ont quitté le Royaume. Ou alors, ils se sont terrés quelque part où il faudrait une chance inouïe pour les dénicher.

— Mmm, marmonna le grand prêtre.

Il bâilla.

— Tu dois m'excuser, « montagne d'os ». Je n'ai pas les réserves d'énergie de notre petite Siyanlis. J'ai besoin de mon sommeil. Demain, nous tenterons d'élaborer une nouvelle stratégie. Siya sera déçue, mais il est inutile de la forcer à perdre son temps de cette manière.

— Tu as probablement raison, bougonna Xiral. Quoi qu'il en soit, la nuit porte conseil. Je suis fatigué aussi. Demain, nous nous efforcerons de trouver autre chose.

Les deux hommes quittèrent le Cube. Ils ordonnèrent aux soldats en poste de laisser entrer Siyanlis si elle revenait : elle pourrait alors leur indiquer quelles régions de la carte devaient être noircies. Les gardes hochèrent la tête. Ils avaient fait la même chose la nuit dernière. Le petit « secret » de la fillette commençait à ne plus valoir grand-chose.

Le grand prêtre sourit intérieurement. Après tout, il n'y avait aucune vraie raison de vouloir le cacher. Dans l'état où elle se trouvait, Siya n'avait rien à craindre. Même si quelqu'un essayait d'abuser de ses pouvoirs, elle n'avait qu'à disparaître pour se débarrasser de l'importun.

Chacun de leur côté, Xiral et Qinlleh allèrent se coucher. Une autre journée difficile les attendrait au réveil. On ne rebâtissait pas une ville avec des prières, ni des stratégies militaires.

Cette nuit-là, cependant, les rêves du grand prêtre furent interrompus par une bourrasque de vent et les exclamations d'une petite fille excitée.

— Qinlleh ! cria joyeusement Siyanlis. Je les ai trouvés !

## Chapitre 5

Bien que l'aube fût encore lointaine, l'effervescence régnait dans les environs du Cube. Pendant qu'il s'habillait convenablement, Qinlleh avait envoyé Siyanlis avertir Xiral — « Ne te gêne pas pour le réveiller en sursaut ! » — et les officiers les plus importants de l'armée. Peu habitués à être tirés du lit par le vent et les cris d'une fillette fantôme, tous ces illustres guerriers, stratèges et commandants eurent piètre mine lorsqu'ils émergèrent du sommeil en cherchant désespérément leurs armes, convaincus d'être attaqués par surprise. Seul Xiral devina qui était responsable de cette « agression nocturne » et garda sa dignité. Siya fut déçue.

— Qu'y a-t-il, petite Siyanlis ?

— Vous saviez que c'était moi ?

— Qui d'autre aurait pu s'introduire *en coup de vent* dans ma tente ? Il y a deux hommes d'élite à l'extérieur. Ils n'auraient laissé entrer personne.

Le chevalier impérial dévisagea l'enfant dans la pénombre. Un sourire naquit sur ses lèvres et s'élargit lentement. Cette lueur d'impatience à peine contenue dans les yeux de la fillette ne pouvait avoir qu'une explication.

— Va réveiller Qinlleh, petite fille. Pendant que tu y es, rends visite à mes officiers ; tu commences à les connaître. Rassemblement au Cube dans quinze minutes.

— C'est déjà en cours, dit narquoisement la petite Xinjis Râ. On n'attend que vous.

Xiral tressaillit.

— Tu es venue me voir en *dernier*? Oh, Qinlleh, vieux croûton, attends un peu…

Avec un rire cristallin, Siyanlis se dématérialisa. Les parois de la tente du chevalier impérial gonflèrent sous la pression d'un vent soudain. Le colosse roux s'empara rapidement de son uniforme. Il ne restait aucun doute. La petite avait trouvé quelque chose.

Les deux sentinelles qui gardaient la tente de Xiral apparurent à l'entrée.

— Capitaine, nous avons entendu…

— Siyanlis, expliqua laconiquement le chevalier. Je vais au Cube.

Il s'était déjà vêtu. Laissant ses armes de cérémonie dans la tente, il chaussa ses bottes et mit pied à l'extérieur. La position des étoiles lui apprit qu'il restait plusieurs heures avant l'aube.

*Cette petite fille est infatigable*, songea-t-il. *Ce n'est pas normal !*

Il chassa aussitôt cette pensée. Le moment était mal choisi pour s'interroger sur les facultés de Siyanlis. C'était précisément parce qu'elle n'était pas normale qu'elle représentait un atout si précieux dans leur tactique. De toute sa longue carrière militaire, Xiral n'avait jamais connu un cas pareil : il démontrait cependant une grande ouverture d'esprit lorsqu'il s'agissait de faire face à l'inexplicable. Il savait que l'Univers recelait d'innombrables mystères. Cette nuit, l'un d'eux se nommait Siyanlis et avait des informations importantes à lui communiquer.

Cinq minutes plus tard, Xiral arriva au Cube, où l'agitation se calmait à mesure que les militaires prenaient place, soit à l'intérieur du bâtiment, soit à l'extérieur. Le chevalier impérial entra. Toutes les chaises étaient déjà occupées. Cela ne le troubla nullement ; toutefois, avant qu'il puisse affirmer qu'il resterait debout, un jeune Xinjis Râ se leva et lui offrit nerveusement sa place. Le colosse reconnut, avec un léger sourire, l'ami de la petite Siyanlis : le chevalier Miyalrel, vêtu en civil, mais clairement identifiable à ses cheveux bicolores.

Cédant au protocole, Xiral accepta le geste de son subalterne et prit place devant la table. De toute sa carrière, il n'avait jamais imaginé non plus qu'un garçon de treize ans serait admis à un conseil de guerre de haut niveau. Décidément, ces deux enfants lui étaient sympathiques. Ils étaient, sans vraiment s'en rendre compte, tout à fait exceptionnels.

— Nous voici réunis, affirma le chevalier impérial en observant rapidement les visages qui l'entouraient. Je suggère que nous ne fassions pas durer le suspense. Que savons-nous ?

Qinlleh était déjà là, évidemment. Il fit un petit geste de la main. Siyanlis, qui était littéralement assise sur la table au milieu des officiers rassemblés, désigna la carte de Tenshâ sur laquelle les zones explorées avaient été graduellement grisées.

— En ce moment même, Nirvô de Niruxed campe *ici*, dans la forêt de l'autre côté du lac Qirin, avec un groupe de dix-huit hommes. Ils se sont cachés dans une clairière que l'on n'aperçoit d'aucune route ou piste locale.

Il n'y avait rien de spécial à l'endroit où était posé le doigt de l'enfant. C'était une forêt tout à fait banale. La clairière dont elle parlait n'apparaissait assurément pas sur la carte.

— Nous ne pourrons pas nous y rendre cette nuit, dit l'un des adjudants de Xiral.

L'homme leva les yeux et observa Siyanlis.

— À moins qu'elle... que tu puisses..., enfin, nous y transporter ?

— Je ne peux pas emmener quelqu'un, dit l'enfant en secouant la tête. Je ne suis plus solide. Je ne peux pas vous serrer la main et vous transporter là-bas.

Les militaires échangèrent des regards. Qinlleh demeura en retrait. Il assistait à la réunion sans y participer. Miya se tenait debout derrière Xiral, cherchant désespérément à formuler une suggestion astucieuse qui lui vaudrait l'admiration du chevalier impérial, mais craignant de se couvrir de ridicule en prodiguant un conseil irréfléchi. Xiral réfléchissait aussi, les doigts croisés sous le menton. Ses yeux perçants, sous ses énormes sourcils roux, analysaient la carte, tandis que son esprit décortiquait la situation à un rythme accéléré. Un tacticien de génie : voilà ce qu'était le chevalier Xiral d'Araxis, en plus d'être un guerrier colossal.

— Qui sont les hommes accompagnant Nirvô? demanda le chevalier Rinyadel.

— Seize mercenaires, répondit Siyanlis.

— Tu viens de dire qu'ils étaient dix-huit.

L'enfant hocha gravement la tête.

— Les deux derniers sont, à mon avis, les maîtres de Nirvô.

Il y eut un bourdonnement de murmures autour de la table. Xiral leva doucement le menton et observa tranquillement la fillette.

— Décris-les-nous. S'il te plaît. C'est peut-être important.

Miya tiqua. Quelque chose avait subtilement changé dans le ton du chevalier. Cette description qu'il désirait entendre n'était pas « peut-être importante ». Elle était primordiale.

Siya poussa un soupir, comme pour se préparer elle-même à entendre ce qu'elle allait dire.

— L'un d'eux, je crois, est l'homme que Miya a vu dans le temple des Ancêtres. Celui qui a le pouvoir de faire disparaître une armée. J'ai entendu Nirvô l'appeler Ugyùs. Il est chauve ;

son front et son crâne sont marqués de runes et de cercles. Cela ressemble à des tatouages, mais je ne suis pas certaine que c'en soit. Il est vêtu comme s'il appartenait à un ordre clérical quelconque. Je n'ai pas pu l'observer longtemps ; je ne sais pas à quel culte il se voue.

L'enfant fit une pause. Clairement, tous attendaient le portrait du deuxième personnage.

— L'autre... L'autre n'est pas un être humain.

Il y eut quelques tressaillements. De brefs marmonnements se firent entendre. La surprise avait frappé plusieurs officiers, mais Xiral n'avait pas bronché, ni Qinlleh, d'ailleurs.

— Continue, Siyanlis.

En réponse à l'injonction sereine du chevalier impérial, la petite fille reprit la parole.

— Il est grand. Plus grand que vous. Sa peau est grisâtre, striée de veines bleutées que l'on voit nettement ; on dirait la peau d'un noyé. Ses yeux sont jaunes. *Complètement* jaunes : la pupille, l'iris et la sclérotique ont tous la couleur du pipi. Je ne sais pas comment il s'appelle. Pendant que j'étais là, les autres ne lui ont pas parlé. C'est sûrement lui, le chef. Les mercenaires s'en tiennent loin. Ils ont tous peur de lui.

Miya voulut demander à sa petite sœur si elle savait quels bobards Nirvô avait racontés à ses seize hommes restants, pour qu'ils acceptent de sacrifier le reste de leur armée. Il demeura toutefois silencieux en présence des officiers. Il pourrait interroger Siya plus tard. Ce n'était pas le moment de présenter l'image d'un enfant curieux préoccupé par des vétilles.

Xiral était redevenu songeur.

— Je vois, dit-il tranquillement.

— Qu'allons-nous faire ? demanda Rinyadel. Nous ne pouvons pas laisser ces hommes errer à leur guise dans notre Royaume. Ils doivent être capturés et recevoir un châtiment pour leurs crimes.

Il se tourna vers la fillette toujours campée sur la table.

— En ce qui concerne ce clown à face de monstre, es-tu certaine qu'il ne porte pas simplement un déguisement? J'ai entendu parler d'artisans capables de créer des masques de cuir qui collent parfaitement au visage.

Siya eut un léger frisson.

— Ce n'est pas un masque. Je vous l'assure.

Son attestation ne rassura personne. Finalement, voyant que le temps était venu de prendre une décision, le chevalier impérial se pencha sur la carte.

— Ils ne sont plus que dix-neuf. S'ils se cachent dans les clairières à l'écart des routes, c'est qu'ils ne représentent plus un danger immédiat. Toutefois, ils comptent encore sur l'appui d'un homme qui dispose de pouvoirs mystérieux, c'est-à-dire le dénommé Ugyùs, et ils sont menés par un personnage dont nous ignorons la force réelle. Dès que nous tenterons d'intervenir pour les capturer, nous nous exposerons à une contre-attaque dangereuse. Il est également envisageable qu'ils nous filent purement et simplement entre les doigts, tout comme Nirvô et cet Ugyùs ont disparu du temple des Ancêtres lorsque Miyalrel les a affrontés.

Xiral observa chacun des visages attentifs qui l'entouraient.

— Voici ce que nous allons faire. Tout d'abord, à partir de maintenant, Siyanlis les aura à l'œil et elle nous tiendra au courant de tous leurs déplacements.

La fillette hocha solennellement la tête.

— Ensuite, demain à l'aube, vingt hommes prendront place à bord du *Xarobas*, le plus petit des navires en provenance de Milstrem. Nous le déguiserons en navire marchand, et les soldats à bord, tous triés sur le volet, voyageront en habit civil. Le capitaine Hixell prendra les commandes; il a déjà participé à une opération similaire dans la mer intérieure. Plus difficiles à détecter qu'une colonne armée, en supposant que nos ennemis soient à l'affût, ces vingt hommes devraient atteindre Sisheel, la ville marchande, sans éveiller les soupçons. Leur mission consistera à localiser le groupe de Nirvô, et Siyanlis les guidera. Dès qu'ils seront en position de porter un coup sûr, ils encercleront et captureront les mercenaires restants et leurs trois chefs. Le combat à mort sera autorisé s'il s'avère impossible de maîtriser les ennemis. Y a-t-il des questions ?

Personne ne parla. Toujours debout derrière Xiral, Miya ouvrait et fermait nerveusement la bouche. Il voulait désespérément parler, mais son insolence serait-elle tolérée ?

Finalement, il n'y tint plus.

— Est-ce que je peux venir ?

Plusieurs regards étonnés se posèrent sur lui.

— Venir ? À bord du *Xarobas* ? demanda le chevalier Rinyadel avec surprise.

Les expressions sur les visages étaient partagées. D'aucuns admiraient le courage du jeune garçon. D'autres se renfrognaient devant l'impropriété de ses paroles. Les derniers l'étudiaient en silence en attendant la réponse que le chevalier impérial ne manquerait pas de donner.

Ce fut pourtant Siyanlis qui parla la première.

— Vous n'avez pas le choix, dit-elle en riant. Parce que si j'y vais, Miya vient avec moi.

Son visage, illuminé d'un grand sourire, était trop adorable pour qu'une protestation indignée soit émise. Bien entendu, Siyanlis en était parfaitement consciente. L'outrecuidance passait toujours mieux lorsqu'elle était issue d'une petite fille mignonne comme un cœur.

Qinlleh lisait le rapport que Xiral avait composé à l'intention de l'Empereur et des dignitaires de la ville impériale d'Araxis. Un léger sourire errait sur ses lèvres.

— « Le chevalier Miyalrel accompagnera l'expédition de tête, ayant exprimé le désir de rester avec sa petite sœur. Il reste à déterminer si les deux enfants partagent vraiment un lien de parenté, ce qui semble décidément improbable, étant donné les circonstances entourant leur naissance. »

Il déposa le document.

— Je ne savais pas que l'Empereur était réputé pour son sens de l'humour.

Xiral haussa négligemment les épaules.

— Qu'il en fasse ce qu'il voudra. Je n'ai jamais caché ma personnalité ; il connaissait les risques lorsqu'il m'a nommé chevalier impérial. Puis, avec le petit garçon qui manifeste un vrai talent de prodige et la petite fille qui disparaît à gauche et à droite, je ne sais plus à quoi m'en tenir. Ces deux-là sont faits pour être frère et sœur.

Qinlleh eut un sourire affectueux.

— Ils sont vraiment les meilleurs amis du monde, n'est-ce pas ?

Xiral eut également un sourire tendre.

— Ça, tu peux le dire. Je n'ai jamais vu deux enfants aussi heureux d'être ensemble. Je crois qu'ils feront toute une équipe dans cette histoire.

— Je le crois aussi, affirma le grand prêtre.

Ils ignoraient jusqu'à quel point leurs paroles étaient prophétiques. Toutefois, en cet instant, ils étaient autrement préoccupés. Qinlleh, en particulier, arborait une expression soucieuse.

Voyant l'angle des sourcils de son vieil ami, les sillons subtils qui ridaient son front, Xiral ne put s'empêcher de soupirer.

— Je sais à quoi tu penses, « vieux fossile ».

— Ce n'est pas difficile à deviner, montagne d'os. Mais puisqu'il faut apparemment que je parle : que se passe-t-il, Xiral ? Pourquoi ce déploiement de forces ? Mille hommes pour l'une des villes les plus éloignées du centre de l'Empire ? Soyons sérieux. Votre camp dans les collines est aussi vaste que Nieslev tout entière.

Silence. Puis, Qinlleh posa la question qui le taraudait vraiment.

— Que savez-vous, toi et l'Empereur, que j'ignore encore ?

Xiral eut un long soupir. Un très long soupir.

— Interdiction formelle d'en parler. Par conséquent, ferme tes oreilles pendant que je divague, et retourne loin en arrière.

Le colosse resta longtemps silencieux. Puis, il laissa tomber la vérité.

— Si notre hypothèse est exacte, Nirvô, ses hommes et ses maîtres ne sont que les signes avant-coureurs d'une nouvelle guerre légendaire. Nos ennemis sont beaucoup plus redoutables qu'un noble déchu de Niruxed et une armée de mercenaires. Si nous avons raison, nous sommes témoins du retour de Sn'hh la Soixantième.

Il y eut un très long silence à l'intérieur du Cube.

# Chapitre 6

Les deux soleils s'étaient levés sur le jour du départ. Les galères venues de Milstrem avaient jeté l'ancre à une courte distance de Nieslev, dans l'une des rares baies pouvant les abriter; le courant fougueux de la rivière Tarxë avait toujours empêché la construction d'un port important attaché à la ville. Des quais d'envergure moyenne étaient néanmoins bâtis en amont. Ils étaient reliés à Nieslev par une large route aux ornières profondes, souvent empruntée par des chariots chargés de denrées. En ce matin ensoleillé, le *Xarobas*, sous l'aspect d'un navire marchand tout à fait ordinaire, était rangé contre le plus grand débarcadère, prêt à appareiller.

Le capitaine Hixell, un solide gaillard barbu au crâne à demi chauve, se tenait sur le quai et passait son équipage en revue. Près de lui se tenait une petite Xinjis Râ qui semblait avoir six ou sept ans; elle retenait l'attention de tous les soldats en civil.

— Vous connaissez notre mission, disait Hixell d'une voix retentissante. Nous gagnerons d'abord Sisheel sous l'anonymat d'un équipage de commerçants. À partir de là, nous traverserons la Tarxë et traquerons les derniers survivants de l'armée mercenaire dans la forêt. Ils seront tenus à l'œil par Siyanlis, ici présente, qui dispose de pouvoirs apparentés à ceux de cet Ugyùs que nous devons capturer. Il faudra attendre l'occasion propice pour nous emparer d'eux ; nous n'aurons peut-être pas une deuxième chance. Tous les habitants de Nieslev, Zeraxim et Qiréna comptent sur nous pour traduire ces criminels en justice. Soyez prêts !

Miyalrel, debout parmi les militaires, croisa le regard de sa petite sœur. Les deux enfants échangèrent un clin d'œil. Siya était manifestement heureuse de se savoir indispensable.

Hormis Miya et Siya eux-mêmes, il n'y avait qu'un seul Xinjis Râ dans l'équipage : un grand type nommé Danayel. Cet état de fait préoccupait légèrement le jeune chevalier, car en l'absence de plusieurs hommes de son peuple sur le navire, il passerait difficilement inaperçu. Miya craignait vaguement que ses cheveux bleus et blonds, faciles à reconnaître, ne mettent l'anonymat de l'expédition en péril.

Le détachement de vingt soldats monta à bord du *Xarobas*. La discipline militaire avait été relâchée, afin qu'ils puissent jouer leurs rôles de marchands de manière convaincante. Pour cette raison, les hommes étaient de fort bonne humeur. Alors que le navire levait l'ancre, Miya gagna le gaillard d'avant et s'appuya au bastingage pour assister aux manœuvres. Siya ne tarda pas à le rejoindre ; elle avait rendu visite à Nirvô avant le discours du capitaine Hixell et pouvait donc affirmer que les ennemis étaient toujours à la même place.

Le *Xarobas* s'éloigna de la jetée, sous les acclamations de plusieurs hommes rassemblés sur la berge de la Tarxë. Ces gens savaient que le navire partait en mission pour les venger. Ils souhaitaient donc la meilleure chance aux soldats de l'équipage.

Miya inspira l'air frais et huma les parfums subtils de l'eau. Deux jours de navigation riveraine lui feraient du bien. Entre deux corvées à bord, il aurait le temps de s'exercer aux nouvelles techniques sinléyanes que Xis lui avait apprises.

— Si Nirvô essaie encore de m'attaquer, je pourrai me défendre, maintenant.

Il tourna la tête.

— Siya?

Elle se tenait debout près de lui, envoûtée par le paysage qui s'offrait à ses yeux émerveillés. Le garçon sourit tendrement. Sa petite sœur prenait place à bord d'un navire pour la première fois de sa vie. Avant le rayon mortel de Nirvô, elle était essentiellement prisonnière du temple des Ancêtres, tenue au lit par son éternelle faiblesse. En fait, elle n'avait même pas entendu ce que Miya venait de dire. Elle regardait les rives défiler, perdue dans ses pensées. L'adolescent remarqua alors un détail curieux : les cheveux bleus de son amie volaient naturellement dans la brise. Pourtant, Siya était toujours intangible.

Ventait-il aussi dans sa «dimension transparente»?

Le jeune chevalier sourit et décida de laisser la fillette et ses petits mystères tranquilles. Au lieu de la déranger, il passa en revue tout ce que Qinlleh, Rinyadel et même Xiral avaient mis à sa disposition pour le voyage. La dernière fois qu'il avait quitté Nieslev, il avait reçu un équipement rudimentaire en cachette, mais cette fois-ci, il était parti en mission officielle, ce qui lui avait permis de bénéficier de tous les privilèges d'un envoyé adulte de l'Empereur. En plus de son arme de poing, la superbe sinlé aux lames de cristal bleu que Qinlleh avait fait fabriquer pour lui à l'occasion de la cérémonie du Monument, il portait une kyansé à la ceinture et un anneau du Feu solaire à l'index droit. Ces deux armes pouvaient émettre des faisceaux d'énergie dangereux, capables de blesser grièvement un adversaire. Ironiquement, c'était un rayon de kyansé, tiré par Nirvô, qui avait rendu Siyanlis intangible et qui lui avait conféré ses pouvoirs mystérieux.

Dans sa cabine, qu'il partageait avec Siya, Miya avait rangé le reste de son équipement : un bouclier, une épée réglementaire, son nouvel uniforme de chevalier, et un sac à dos contenant des rations alimentaires et des onguents de guérison. Tout cela ne servirait qu'en forêt, lorsque viendrait le temps d'affronter Nirvô et ses alliés. Sur le *Xarobas*, les victuailles fraîches étaient abondantes, et personne n'avait besoin de panser quelque blessure que ce soit.

Au cours de la matinée, le navire vogua sans l'aide des voiles, porté uniquement par le courant de la Tarxë. Il fallait jouer de prudence, car les flots tumultueux de la rivière pouvaient dissimuler des tourbillons ou des rochers affleurants. Par chance, les hommes choisis par Hixell s'y connaissaient.

Certains avaient dû être marins dans le passé.

Après avoir épluché et lavé une bassine de légumes pour le repas du midi, Miya s'entraîna sur la dunette arrière avec deux hommes d'équipage qui admiraient son talent. Siya avait disparu ; elle était partie filer le train à Nirvô. Elle revenait régulièrement pour annoncer à Hixell que rien n'était suspect ; les ennemis se déplaçaient normalement en marchant dans la forêt, sans soupçonner qu'une expédition vengeresse s'approchait inexorablement de leur position.

Le capitaine lui avait demandé si elle savait où se rendaient les mercenaires. Elle avait tenté de l'apprendre, mais jusqu'à présent, aucune destination ne paraissait évidente.

— Ils n'en parlent pas entre eux ?

— Non. Si vous voulez mon avis, je pense qu'ils se dirigent vers le mont sacré Qexàn. Mais je ne sais pas pourquoi.

Hixell hocha la tête, nota l'information, et n'interrogea pas davantage la fillette. Par la suite, la situation ne changea plus. L'après-midi passa tranquillement. Le soir venu, Siya réapparut pour signaler que les ennemis avaient dressé un nouveau campement dans une autre clairière. En entendant cela, Miya eut un sourire satisfait.

— Parfait. Nous nous approchons d'eux. Ils ne se doutent de rien.

Le capitaine Hixell s'approcha des deux enfants.

— Est-ce que vous venez, les petits Xinjis Râ ? Le repas du soir sera bientôt servi.

Il posa les yeux sur Siyanlis et fronça soudain les sourcils.

— Au fait, petite fille, comment vas-tu te nourrir ? Tu n'as rien mangé ce midi. Je sais que tu n'es pas vraiment là ; vas-tu finir par mourir de faim ?

La fillette secoua la tête.

— Je n'ai rien mangé depuis dix jours. Je ne ressens rien : ni faim, ni soif, ni fatigue. Je ne comprends pas pourquoi, mais je n'ai plus de besoins physiques.

— C'est normal, dit Miya, tu n'as plus de solidité physique.

— Je suis encore solide pour moi-même, dit Siya en se tapant la joue pour l'emphase. Mais je n'ai pas faim.

— Alors, petite fille, tu dois être bénie par Inyëlh. Car nous, pendant ce temps, on doit préparer de la bouffe pour vingt. Tu viens, Miya ?

— J'arrive.

Le jeune chevalier emboîta le pas au capitaine Hixell et se rendit aux cuisines pour recevoir son assiette. En étudiant le ragoût, il reconnut, avec un sourire narquois, les légumes qu'il avait lui-même épluchés le matin. Il avait bien soupçonné, en effectuant cette corvée, que l'équipage aurait assez de carottes, de navets et de betteraves pour une semaine. Miya gagna ensuite la plus grande cabine du *Xarobas*, le mess, et s'installa avec les autres soldats de l'équipage. En dénombrant les plats posés sur les tables, il émit un sifflement admiratif. Hixell avait dit « de la bouffe pour vingt ». Au vu de la quantité de nourriture, il avait dû vouloir dire cent vingt.

— Puisque nous sommes censés être un équipage de marchands prospères, autant jouer ce rôle jusqu'au bout, affirma sentencieusement le capitaine en accueillant Miya à sa table.

L'adolescent ne répondit pas, mais sourit intérieurement. De toute évidence, Hixell avait simplement profité de la situation pour s'accorder, à lui comme à ses hommes, un festin qu'on ne voyait pas souvent dans l'armée impériale.

On fit donc bombance, ce soir-là, à bord du navire *Xarobas* de la flotte de Milstrem.

Lorsque le copieux repas fut terminé, les membres de l'équipage, au lieu d'aller dormir, se regroupèrent aux tables pour s'adonner à différents jeux de hasard. Bien entendu, les paris ne tardèrent pas à se manifester. Ce n'était pas réglementaire ; tous ces hommes étaient en mission, même s'ils jouaient des rôles civils. Toutefois, Hixell, bien qu'il ne participât à aucun jeu, ne fit pas mine de discipliner ses hommes. Au contraire, il s'éclipsa en douceur, donnant ainsi tacitement la permission à ses troupes de se détendre à leur guise.

Siya était apparue, sans que personne sache exactement quand. De toute évidence, elle s'ennuyait là-haut sur le pont. Elle était donc venue rejoindre son ami.

— Hé, les petits Xinjis Râ! Vous connaissez le vingt-soixante?

Miyalrel tourna la tête. Trois hommes étaient assis à une table proche, bourses ouvertes et dés sur table. L'invitation était claire. Siya se mit à rire.

— Je connais le jeu, mais je ne peux pas jouer.

— Oh, ne t'en fais pas, nous ne le dirons pas à tes parents.

La fillette rit à nouveau.

— Je n'ai pas de parents, j'ai été élevée au temple des Ancêtres. Mais je n'ai pas non plus de couronnes en poche. Et vous devez savoir que je suis *intangible*, non?

Il y eut un léger moment d'inconfort, vite dissipé par le sourire de Siyanlis et l'intervention d'un autre soldat à la même table.

— Tu peux t'asseoir et regarder ton ami jouer. Qu'en dis-tu, petit chevalier?

Le garçon réfléchit. Ce n'était pas une mauvaise idée. S'il ajoutait quelques émeraudes à celles qui tintaient actuellement dans sa bourse, il pourrait ensuite acheter des articles de qualité dans le célèbre quartier marchand de Sisheel. Cependant, il risquait aussi de vider sa bourse, ce qui était beaucoup moins souhaitable.

Siya choisit ce moment pour lui souffler à l'oreille.

— Ne te laisse pas embobiner, Miya. Tu sais ce qui va se passer. Ils te laisseront gagner les premières parties, et dès que tu miseras gros, ils te plumeront comme une oie d'e'Qaô.

— Mais non. Je ne suis pas naïf. Je saurai m'arrêter si je perds.

La petite fille haussa les épaules.

— Ce sont tes émeraudes. Ne viens pas pleurer sur mon épaule lorsque ta bourse sera pleine de courants d'air.

Sur ce, elle se volatilisa.

Miya observa narquoisement les trois hommes attablés, dont les mâchoires avaient presque frappé la table. C'était manifestement la première fois qu'ils voyaient Siyanlis jouer son petit tour de passe-passe.

*C'est le moment d'en profiter*, songea l'adolescent. *Pendant qu'ils sont bien décontenancés.*

Il prit place parmi eux, et ajouta en pensée, sardoniquement, à sa propre intention :

*Bien entendu, je dois d'abord apprendre à jouer au vingt-soixante…*

Jouer au vingt-soixante s'avéra facile et distrayant : trois dés à vingt faces, soigneusement taillés dans des os de *sixis*, quelques émeraudes, un peu de chance, un peu de stratégie, et les parties s'enchaînèrent rapidement.

Une heure plus tard, lorsque Miya remonta sur le pont du navire, il faisait déjà nuit. Aucun nuage n'errait dans le ciel. On pouvait donc contempler les étoiles multicolores des Cent Royaumes dans toute leur beauté scintillante. Les orages violents qui avaient dévasté Nieslev n'étaient plus que de mauvais souvenirs.

L'adolescent n'avait pas remarqué qu'il faisait plutôt chaud là-dessous, dans la salle où les hommes de Hixell pariaient encore sur leurs jeux de cartes et de dés. La brise du soir caressait ses joues et lui apportait une fraîcheur revigorante.

— Siya ?

La petite fille était introuvable sur le pont.

— C'est drôle, elle doit pourtant être ici... Elle ne peut quand même pas avoir disparu.

Il s'interrompit et esquissa une grimace. Bien sûr qu'elle pouvait avoir disparu. C'était justement pour cette raison qu'elle accompagnait l'expédition : parce qu'elle pouvait s'évaporer et visiter, au choix, les forces ennemies ou l'armée impériale.

— Je me demande où elle est partie maintenant…

Ce fut le moment que choisit le vent spectral de Siyanlis pour se lever derrière lui, le faisant vivement sursauter.

— Siya, arrête de me surprendre comme ça !

L'enfant rigola, puis s'accroupit et s'adossa au bastingage. Elle leva les yeux et observa la mine penaude de son ami. Un sourire s'élargit lentement sur ses joues.

— Je t'avais dit que tu allais tout perdre.

Le même sourire s'épanouit sur les traits de Miya.

— Qu'est-ce qui te fait penser que j'ai tout perdu ?

Il détacha sa bourse, défit le cordon et la jeta nonchalamment devant son amie. Émeraudes et couronnes impériales en sortirent à flots. Siya, sourcils levés, releva les yeux.

— C'est une blague ? Tu as triché ou quoi ?

— Vile langue. Tu me blesses.

Le garçon s'assit près de la jeune fille et acheva de répandre le contenu de sa bourse sur les planches du pont, laissant sa petite sœur apprécier le montant gagné.

— J'ai eu une chance insolente, avoua-t-il sans gêne, le sourire étampé dans le visage. Ils ont fait exactement ce que tu disais. Ils m'ont laissé gagner quelques parties... Enfin, c'est surtout un jeu de chance, ils ne pouvaient pas réellement contrôler le vainqueur de chaque ronde. Puis, ils ont commencé à jouer sérieusement. Et j'ai commencé à leur rafler leurs mises à chaque joute. Ils n'y croyaient pas. Ils enrageaient, mais ils ne pouvaient rien faire ; je ne trichais pas et j'étais nominalement leur officier supérieur. J'avais presque pitié d'eux. S'il me fallait dix-huit ou plus, je lançais dix-neuf. S'ils avaient besoin de trois ou plus, ils jetaient un deux. Les dieux étaient de mon côté. Dire que je ne fais presque jamais mes prières. Ces trois-là ont dû offenser la moitié du panthéon pour être malchanceux à ce point-là.

— Tu sais bien que la chance aux dés ne dépend pas de la bienveillance des dieux.

La jeune fille rigola et ajouta :

— Eh bien, tu es riche à présent. Ne visite pas de ruelles sombres.

— Ce serait difficile sur un bateau.

Le garçon se mit à ramasser les pierres précieuses et les pièces d'or afin de les ranger dans sa bourse désormais bien rebondie. À ce moment, son amie poussa un cri étranglé.

— M... *Miya !*

L'adolescent sursauta. Il suivit le regard effarouché de Siyanlis et découvrit rapidement la cause de son émoi. Une pierre bleue, en particulier, n'était pas une unité monétaire.

— Q... que fais-tu avec une *xishâzen nâ* ? demanda Siya avec effarement.

— C'est vrai, j'avais complètement oublié de te raconter cela ! Ne crains rien, je ne l'ai pas arrachée de la gorge d'un homme mort, et encore moins d'un homme vivant. C'est la pierre de vie d'une petite fille qui s'appelait Tanilya. Sa mère, que j'ai retrouvée mourante au cours du sac de Nieslev, me l'a confiée afin que quelqu'un, n'importe qui, garde le souvenir de sa fille. Je l'ai rangée dans la bourse et je n'y pensais plus.

— Mais… tu n'as jamais connu cette Tanilya, non ?

Le garçon secoua la tête.

— Non. Mais je ne pouvais pas refuser le dernier souhait de sa mère. En toute honnêteté, je ne sais pas quoi faire. Je me sens obligé de garder cette pierre.

— Il faut… Enfin, selon les rites… Il faut réunir la pierre de vie avec le corps du défunt dans la tombe… Si c'est impossible, il faut la bénir et la conserver dans un temple…

— Siya, c'est vraiment si grave que je l'aie gardée ? Tu parais terriblement troublée.

La jeune fille secoua la tête.

— Ce n'est rien. J'ai été surprise, c'est tout. Tu trimbales un morceau du corps d'une petite fille inconnue dans ta bourse. C'est un peu morbide.

Miya examina la gemme scintillante à la lumière des étoiles et des lanternes qui illuminaient le pont du navire. Il y avait évidemment du vrai dans les paroles de Siyanlis. Tous deux portaient un joyau identique dans le creux de la gorge. C'était une part de l'anatomie des Xinjis Râ. Miya n'aurait jamais rêvé à conserver la main empaillée d'un inconnu, ni même l'un de ses ossements pétrifiés. Une xishâzen nâ, en revanche, était différente. Imputrescible, belle et limpide, elle représentait le dernier souvenir d'un être cher.

L'adolescent la rangea dans sa bourse. Il déciderait plus tard.

— N'y pensons plus, dit-il pour rasséréner son amie. Je suis certain que la petite Tanilya repose en paix à l'heure actuelle. Elle sait que sa mère a tenu sa promesse. Je déposerai sa pierre de vie dans un temple à la première occasion. Son souvenir ne s'effacera pas.

Siya hocha la tête, satisfaite. Elle désigna la porte de l'écoutille.

— Alors? Sont-ils toujours en train de parier là-dessous?

— Oui. Puisque l'action ne commencera que demain, ils profitent de la soirée. Je ne sais pas s'ils seraient vraiment prospères, s'ils étaient des marchands authentiques.

Les enfants échangèrent un sourire taquin aux dépens des hommes de Hixell. Ils s'installèrent ensuite confortablement sur la dunette du navire. À leur droite, ils apercevaient les collines où les forces ennemies avaient naguère établi leur campement. En vérité, ils avaient probablement dépassé l'emplacement du camp depuis belle lurette, mais tous les rivages se ressemblaient dans la nuit étoilée.

— Regarde, dit paisiblement Siya. La constellation du Haut Sage.

Miya jeta un coup d'œil à l'agencement d'étoiles au-dessus de sa tête. C'étaient les astres les plus brillants du ciel. Dans les anciennes légendes, ils représentaient à la fois la volonté de vivre et l'approche inexorable de la mort.

— Dis, Siya, c'est vrai que tu ne dors plus?

— Non, je dors encore. C'est simplement vrai que je ne ressens plus de fatigue corporelle. La nuit, je m'endors surtout par habitude.

— Contrairement à moi. Je suis fatigué. Tu sais, Siya, je pense que je vais dormir sur le pont. La nuit est belle.

Ils s'allongèrent sur le dos, en silence, et contemplèrent la voûte étoilée de la nuit. Heureux d'être amis; heureux d'être ensemble.

Le *Xarobas* poursuivait tranquillement sa navigation riveraine.

Le lendemain, il faudrait partir en guerre.

— Ah, Xxrlqh, te voilà, susurra Yoolvh d'une voix affectueuse qui lui allait décidément très mal.

L'être nommé Xxrlqh était une erreur de la nature. C'était un oiseau, mais il n'avait pas de plumes. Son corps était recouvert d'un long poil blanc et soyeux. Il déployait une aile unique sur son flanc droit et possédait une unique patte griffue, du côté gauche, celle-là. Sa queue était celle d'un rat, aussi longue que le bras d'un homme. Un œil immense représentait le seul trait de son visage. Un œil jaune, sans expression, tout comme les yeux de son maître.

Près de là, Nirvô de Niruxed eut un frisson. Cette créature-là lui flanquait la trouille. Quelle sorcellerie lui permettait de voler avec une morphologie pareille?

Pendant ce temps, Xxrlqh plongeait son œil unique dans ceux de son maître. Puis, un sourire froid plissa les lèvres de Yoolvh.

— Ils se sont lancés à notre poursuite. Les imbéciles croient être passés inaperçus.

— Il est temps qu'ils soient écrasés, opina son compagnon énigmatique Ugyùs. Ils deviennent trop dangereux.

Le sourire cruel de Yoolvh ne quitta pas ses lèvres. Il savait que l'occasion était parfaite pour déployer le Taah Nù Xep, leur deuxième serviteur démoniaque après l'être d'Axxaromqah. Les risques étaient au minimum.

Cette fois, l'arme vivante leur reviendrait pour servir encore.

— Qu'il en soit ainsi, susurra Yoolvh.

Sa mission accomplie, Xxrlqh prit tranquillement son envol dans le ciel du crépuscule.

Hixell

Capitaine du *Xarobas*,
il a pour mission de
gagner Sisheel avec
ses hommes sous
l'identité de marchands
prospères.

# Chapitre 7

La constellation du Haut Sage brillait au zénith. C'était le milieu de la nuit. Deux des hommes de Hixell étaient venus monter la garde sur le pont, mais ils s'étaient installés à la poupe, afin que leur conversation ne trouble pas les enfants à l'avant.

— La petite est mignonne, endormie comme cela près de Miyalrel. Est-il vrai qu'elle n'existe pas vraiment ?

— Va la réveiller. Si ta main traverse son corps, c'est qu'elle n'est pas tout à fait là.

Les soldats échangèrent un rire dans lequel transparaissait un certain malaise. Osaient-ils vraiment en rire ? Après tout, cette situation invraisemblable avec Siyanlis n'avait rien de rassurant lorsqu'on connaissait assez d'histoires de fantômes.

Les veilleurs auraient été encore moins tranquilles s'ils avaient su qu'en ce moment, le Taah Nù Xep volait vers eux.

❀

*Il était debout dans une forêt en pleine nuit.*

*Comme s'il pouvait voir à travers les branches, il discerna deux silhouettes qui s'enfuyaient. Les deux formes humaines — une de taille adulte, l'autre beaucoup plus petite — fonçaient à travers la forêt noire, comme si elles avaient tous les démons de Qentawah aux trousses. D'ailleurs, il entendait maintenant des grognements, des éructations violentes et bestiales qui surgissaient de la noirceur.*

*Quelque chose était là, à leur poursuite.*

*Pendant quelques instants, il ne fut qu'un témoin, un spectateur. Puis, la perspective de la scène changea. Il courut alors avec les silhouettes qui fuyaient. Les branches qui les fouettaient ne parvenaient pas à le toucher. Il avait l'impression de galoper à une allure impossible, mais la chose derrière lui gagnait inexorablement du terrain. Il commençait à avoir peur.*

Non! *songea-t-il désespérément.* Pas encore!

*Il ne pouvait plus s'échapper. Les deux silhouettes couraient en haletant, à bout de souffle. Une jeune femme et une fillette?*

*Impossible de le savoir avec certitude. Mais il avait déjà vécu ce rêve.*

*Ce cauchemar implacable qui le hantait depuis si longtemps.*

*Une porte était apparue. Une porte ordinaire, avec encadrement, poignée et gonds. Bizarrement, elle se dressait en pleine forêt. En criant, la femme invisible se heurta au battant et commença à y battre des poings, hurlant de terreur. La petite fille se blottit contre les jambes de la jeune femme et sanglota de frayeur. Le monstre était proche.*

*Pourquoi les deux futures victimes ne contournaient-elles pas la porte ? Cela, il n'y songeait même pas. Dans le contexte du rêve, la possibilité n'existait pas. La jeune femme continuait à s'acharner sur le battant. Sa terreur grandissait sans cesse. Le monstre était là, juste derrière. Il allait la tuer.*

*Il allait* TOUS *les tuer.*

*Gagné par la même épouvante, il se jeta sur la porte. Serrant avec acharnement la poignée, il la força finalement à s'ouvrir. La jeune femme hystérique s'enfuit dans la nuit en titubant, traînant la fillette par le bras. Il*

*voulut fuir à son tour. Le monstre referma*
*ses griffes cruelles sur son épaule.*

*Là-bas, il vit la petite fille hésiter. Elle se*
*retourna vers lui en pleurant. La jeune*
*femme poussa un cri désespéré.*

*— MISHIYAAAAL !*

*Il fut envahi par une terreur froide. Le*
*monstre lui écrasa le visage contre la porte.*
*Il vit du sang jaillir, sans pourtant avoir*
*mal. Puis, un poing gigantesque, hallucin-*
*nant de vérité, s'abattit sur sa figure. Une*
*masse de chair, de tendons, de ligaments et*
*d'ossements, qui allait le broyer sans pitié.*

*À ce moment, Miyalrel hurla.*

Son cri de terreur réveilla Siya en sursaut et fit brusquement apparaître les
deux sentinelles inquiètes. Le garçon
haletait, cherchant éperdument son
souffle, tout en tâtant son visage d'une
main tremblante. Pas de sang. Il était
encore vivant.

Siya l'observait avec inquiétude.

— Que se passe-t-il, Miya ?

— Le cauchemar... Encore ce maudit rêve... Je croyais qu'il ne reviendrait plus...

Des larmes impuissantes coulaient lentement de ses yeux. Ce rêve terrible ! Voilà plusieurs mois, il troublait presque chacune de ses nuits. Il croyait l'avoir finalement vaincu en partant pour les Épreuves de la gloire d'Inexell — et voilà qu'il revenait hanter son sommeil.

En sanglotant, le garçon secoua désespérément la tête.

— Je n'en peux plus, Siya !... Si je me remets à faire ce cauchemar !...

Des larmes amères coulaient en silence sur ses joues. C'étaient des larmes de détresse que personne ne pouvait soulager. Siya approcha une main compatissante de son épaule, tout en manifestant son vent doux pour lui apporter son réconfort. Mais que pouvait-elle faire ? Même Siyanlis la miraculée n'avait aucun pouvoir sur les mauvais rêves.

— Mishiyal... Ce nom... *Mishiyal*...

En frémissant, Miya se releva. Il n'osait plus se rendormir à présent.

D'ailleurs, il serait bien incapable de retrouver le sommeil. Son cri désespéré avait réveillé la moitié de l'équipage.

Un à un, les soldats réveillés en sursaut étaient retournés se coucher, mais le capitaine Hixell était resté sur le pont en compagnie des deux sentinelles.

— Alors, tu fais des cauchemars, Miya?

Il avait pris l'habitude, comme Qinlleh et les autres, d'appeler l'adolescent par son diminutif. Miyalrel était probablement le seul chevalier de l'Empire à qui l'on s'adressait ainsi. Cette seule pensée suffit à le faire sourire, en dépit de ses larmes.

— C'est toujours le même rêve, expliqua-t-il. Je vois deux personnes dans une forêt la nuit. Je les aide à s'enfuir. Puis, je vois une porte. Ensuite, toujours à ce moment-là, un monstre que je ne vois pas me fonce dessus. Je me réveille toujours au moment d'être tué.

Hixell fronça les sourcils.

— C'est plutôt effrayant, je l'admets. Tu es plutôt jeune pour faire des rêves aussi terribles. Que s'est-il passé lorsque tu étais enfant?

— Je ne sais plus vraiment. J'ai grandi à Xrinis. Oui, je sais, c'est une ville de bandits. Quand j'étais tout petit — quatre ou cinq ans —, j'ai été battu par des hommes qui en voulaient à mon père. Enfin, c'est ce qu'on m'a appris par la suite. Moi, j'avais perdu la mémoire. Il a même fallu que je réapprenne mon nom. Ensuite, mon père est devenu violent, lui aussi. Il me maltraitait de plus en plus sévèrement. Un jour, quand j'avais huit ans, je me suis enfui de Xrinis. Je suis arrivé à Nieslev, au temple des Ancêtres, et c'est là que j'ai rencontré Siya.

Il accorda un sourire en coin à sa jeune amie, qui le regarda avec tristesse et compassion.

— Je ne savais pas tout cela, Miya. Tu m'avais seulement dit que tu avais quitté Xrinis pour échapper aux colères de ton père. Ce n'est pas étonnant que tu fasses des cauchemars.

Hixell acquiesça.

— Grandir à Xrinis est déjà une raison pour faire pipi au lit. Je suis né à Milstrem, vous savez, et même à l'époque de ma jeunesse — ne riez pas, cela ne fait pas si longtemps —, Xrinis avait la réputation d'un bouge infâme. Je n'ai jamais compris pourquoi les autorités du Royaume n'y boutaient pas simplement le feu.

— Voyons... Il y a des gens innocents là-bas !

— Je sais, je sais. Ne prenez pas mes suggestions au sérieux, les enfants. N'empêche que ce trou à rats est une ville de tueurs et de criminels. Paradoxalement, c'est aussi un très bel endroit si vous aimez la nature. La ville est située en plein dans le cœur fleuri du Royaume. Cela me fait penser à la légende du lac Qirin. Regardez...

Miya et Siya suivirent le regard du capitaine et contemplèrent l'étendue liquide qui entourait le *Xarobas*. Les rives de la Tarxë avaient disparu. Ils naviguaient maintenant sur le célèbre lac, en pleine nuit. Parfois, furtivement, ils apercevaient d'étranges lueurs bleues dans les profondeurs. Fugitives, scintillantes, elles faisaient songer à des feux follets sous-marins.

— Les lumières du lac Qirin. J'espérais justement les voir. Les pêcheurs disent qu'elles apparaissent rarement, et seulement après les orages violents qui caractérisent la saison des pluies. Connais-tu la légende, Miya ?

— Non.

— Elle est triste et tragique, mais curieusement, sa forme la plus connue est une comptine que l'on chante aux enfants. C'est doublement étrange lorsque l'on sait que la légende parle justement de la noyade de centaines d'enfants.

La réaction étonnée de Miya fut immédiate.

— Dans le lac ?

— Oui, voilà très longtemps. Au cours des guerres de la Première Ère, pour être exact. Selon la légende, les ennemis de l'empire de Ziellnis occupaient alors cette région. Ils avaient capturé plus de neuf cents enfants xinjis râ, comme toi et Siya. Lorsque le premier orage de la saison des pluies est arrivé, ils ont fait monter tous les enfants à bord de douze navires. Ils se sont rendus au milieu du lac Qirin, près du pilier, avant de jeter tous les enfants dans les vagues. Dans la tempête, même ceux qui savaient nager se sont vite noyés.

— Je me souviens de la comptine, dit Siya. Inylia me la chantait souvent.

> *Cent petits enfants*
> *Vivaient par beau temps*
> *On les rassembla*
> *Le vent se leva…*

> *Lors du premier chant*
> *Ils étaient deux cents*
> *Debout sur la plage*
> *À l'aube du voyage…*

Plongée dans ses souvenirs, Siya chantonnait la suite de la comptine. À chaque quatrain, le nombre d'enfants augmentait de cent. Arrivée à cinq cents, la fillette cessa de fredonner. Hixell avait repris la parole.

— Cela raconte une légende ancienne, mais d'un point de vue présent. Le dernier refrain fait même référence aux fameuses lumières du lac. Je crois personnellement que ce sont les *lumières* qui ont réellement inspiré la chanson :

> *Mais après la pluie*
> *Je les vois qui rient*
> *Je crois qu'ils sont mille...*

— *Sous les flots tranquilles*, compléta Siya. Ici. Sous les flots du lac Qirin. Regarde, Miya ! Les lumières sont vraiment brillantes cette nuit.

Sur ce point, la petite fille avait raison. Miya avait presque réussi à oublier son cauchemar. Son regard était maintenant rivé sur l'étendue obsidienne du lac, où il apercevait furtivement les mystérieuses lumières bleues.

— On dirait des étoiles filantes, mais sous l'eau...

Après un moment de silence contemplateur, il se tourna vers Hixell.

— Vous avez parlé d'un pilier, lui rappela-t-il.

— Oui. Au centre du lac. Le pilier des Âmes. C'est un obélisque gigantesque, aussi dur que le diamant, dressé au fond du lac. Personne ne sait qui l'a érigé, mais on sait qu'il est terriblement ancien. Plus vieux que l'empire des Cent Royaumes lui-même.

— Ça alors… Il en cache des mystères, votre lac Qirin.

Hixell s'apprêtait à répondre, peut-être pour révéler encore plus de mystères, lorsqu'un ululement formidable troua le silence de la nuit.

Quand Miya en discerna la source, il écarquilla brusquement les yeux. Il y avait de quoi être surpris. Il y avait même de quoi être terrorisé.

Une créature impossible volait au-dessus du lac. Dans la nuit, elle brillait d'une lumière aussi vive et jaune que celle des soleils jumeaux de l'Empire. Tout son corps dégageait cette lumière presque aveuglante, permettant aux hommes de la discerner clairement sur le fond obscur de la nuit. On aurait pu croire une énorme libellule, la grande sœur de tous les odonates du monde, mais toute comparaison s'arrêtait là. La créature de lumière jaune était vingt fois plus grande que même un « xéléoptère ». En fait, elle était plus grande que le navire. Six ailes translucides, d'envergure effrayante, battaient au rythme des ailes d'une vraie libellule. À l'une des extrémités de son corps de lombric, une gueule de plante carnivore, sans yeux, s'ouvrait sur une gorge incandescente. À l'autre extrémité, le corps mou s'amincissait, tout en se durcissant, pour former un aiguillon énorme parcouru des crépitements d'une énergie dénaturée.

— Par la sainte beauté d'Inyëlh ! souffla le capitaine Hixell.

Miya, lui, devina immédiatement d'où venait cette apparition surnaturelle.

— Ça, ce sont nos ennemis ! Nous sommes repérés !

— Pas nécessairement par Nirvô, glissa rapidement Siya. Mais cette

chose-là, alors oui, elle nous a indéniablement repérés !

La libellule énorme fondit sur le
bateau tandis que Hixell sonnait
l'alarme. Brusquement, la créature fabu-
leuse ouvrit la gueule et cracha une
boule orangée, presque rouge. Le missile ardent s'abattit comme la foudre sur
le navire. Toutefois, au lieu de donner
naissance à une marée de flammes, il se
volatilisa complètement en provoquant
une onde de choc d'une violence inouïe.
Plusieurs planches du pont volèrent en
éclats. Hixell, les deux sentinelles et
Miyalrel furent tous catapultés vers
l'arrière. Seule Siya demeura debout,
bien qu'elle ne pût s'empêcher de lever
réflexivement les bras pour se protéger.

Étourdi, l'adolescent se releva en
titubant. Les hommes de Hixell surgissaient maintenant sur le pont, tels des
bourdons d'une ruche. Tous étaient
armés, mais certains étaient vêtus
plutôt légèrement. Ceux que Miya avait
réveillés avec son cri de terreur, voilà
une demi-heure à peine, maugréaient et
juraient dans leur barbe. En dépit de

cela, ils étaient tous prêts à se battre sans poser de questions. Il s'agissait après tout de soldats de l'armée impériale.

Tout en modulant un cri étrange, le monstre revint vers le navire. Deux nouvelles bombes à contrecoup creusèrent des trous dans le pont, renversant les hommes, tandis que la queue de l'entité fouettait les cabines en faisant éclater les planches. Brusquement, l'être serpentin tourna la tête et cracha une quatrième sphère orange. Celle-là explosa directement aux pieds d'un soldat. Le malheureux fut projeté tel un sac de sable contre la paroi la plus proche. Il s'y écrasa, le sang aux lèvres, et tomba la tête la première dans le gouffre qui venait de s'ouvrir sous ses pieds. L'onde de choc avait été si violente qu'elle lui avait défoncé la poitrine, le tuant sur le coup.

Miya secoua la tête, comme pour chasser l'incrédulité qui le paralysait. Comment devait-il réagir à une telle monstruosité ?

*Mes armes !* songea-t-il.

Le gros de son équipement était toujours rangé dans sa cabine. Cela incluait sa sinlé bleue. Il piqua des deux en direction de l'écoutille la plus proche.

— Je vais chercher ma sinlé! s'exclama-t-il en réponse à une question que personne ne lui avait posée.

Il dévala les escaliers quatre à quatre, enfila la coursive à l'allure d'un cheval fou et repoussa sans ménagement la porte de sa cabine. Au même moment, le navire fut secoué par l'explosion d'une nouvelle sphère orangée. Le *Xarobas* vibra de toutes ses membrures. Hâtivement, Miyalrel empoigna sa sinlé et le bouclier réglementaire qu'on lui avait donné. Il s'élança ensuite hors de la cabine et courut en sens inverse le long de la coursive. Lorsqu'il surgit de nouveau sur le pont, il dut immédiatement lever les bras pour se protéger d'innombrables éclats de bois. Une nouvelle explosion venait de retentir dans la nuit.

Siya se tenait en compagnie du capitaine Hixell sur le gaillard d'avant. L'horrible ver ailé décrivait un grand demi-cercle dans le ciel, prêt à revenir à l'attaque. C'était l'effervescence sur le pont dévasté. Les hommes d'équipage couraient dans tous les sens, cherchant à organiser une défense efficace contre la créature surnaturelle.

— Qu'est-ce que *c'est*? demanda Miya.

— Je ne sais pas, répliqua Siya. Peu importe pour le moment, tant que c'est tuable!

Il y eut brusquement un concert de stridulations aiguës. Des faisceaux de lumière ardente trouèrent la nuit. Les hommes de Hixell contre-attaquaient avec des armes à énergie. Miya tira sa propre kyansé de sa ceinture et visa soigneusement le monstre qui fondait maintenant en piqué sur le *Xarobas*. Il projeta un rayon brûlant dans la gueule ouverte de la créature, au moment où celle-ci crachait une nouvelle sphère rougeoyante.

Le trait d'énergie creva le missile redoutable. Une explosion violente retentit dans le ciel. Le garçon, sur le pont du navire, ressentit l'onde de choc tel un coup de poing au plexus. L'entité vira sur ses ailes de libellule et détendit sa queue crépitante. Pareil à un fouet, l'appendice électrifié frappa le bastingage de l'étrave et fit voler des pièces de bois dans un nuage de flammèches.

— Tirez encore! commanda Hixell. Ne la laissez pas attaquer!

Une nouvelle salve stria les ténèbres. Troublée par les traits de feu, la créature se mit à effectuer des pirouettes aériennes. Plusieurs rayons se perdirent dans la nuit. Miya visa attentivement le monstre, réprimant de son mieux les tremblements qui agitaient sa main. Lorsqu'il tira, le faisceau de lumière mortelle toucha la libellule en plein front. L'énergie brûlante se propagea dans sa chair lumineuse, faisant visiblement luire ses entrailles. En même temps, des éclats de matière lumineuse jaillirent de son corps serpentin. Un ululement effrayant quitta le gosier profond de l'entité, qui remonta en flèche pour échapper à la douleur.

— Je l'ai eue! s'exclama joyeusement le garçon.

— Elle revient! s'écria immédiatement un homme sur le pont.

Le monstre enragé descendit en vrille et rétablit son équilibre au ras des flots. Flèches, carreaux d'arbalète et rayons de lumière zébrèrent la nuit, sans toutefois intimider la créature furieuse. Coup sur coup, trois nouvelles sphères orange quittèrent sa gueule ouverte. Elles percutèrent le flanc du navire dans un fracas insoutenable de bois broyé. La violence du choc fut telle que tous ceux rassemblés sur le pont perdirent pied, sauf Siyanlis, qui ne ressentait aucunement les redoutables ondes de choc provoquées par les bombes orangées.

— Le navire va couler! cria l'un des hommes d'équipage. Cette créature va nous envoyer par le fond! Il faut déployer les canots de sauvetage!

— Ce serait du suicide! protesta Hixell. Cette chose-là aura beau jeu de détruire nos canots! Nous devons la vaincre ici, maintenant!

Comme pour mettre le capitaine au défi d'y arriver, une nouvelle sphère orangée siffla au-dessus du pont. Elle atteignit la dunette arrière et fit littéralement sauter la superstructure. Le bois vola dans toutes les directions. En même temps, le *Xarobas* commença à s'incliner.

*Nous sommes perdus*, comprit Miya en un éclair. *Nous allons couler!*

Le capitaine Hixell était parvenu à la même conclusion.

— Nous n'avons plus le choix. Jadran, prends trois hommes et mettez les canots à la m... au lac! Tous les autres, restez avec moi! Nous devons distraire l'attention de cette horreur!

Pendant que le soldat dénommé Jadran courait en direction des embarcations de secours, les autres membres de l'équipage du *Xarobas* se réunirent sur le pont avant. La libellule lumineuse revenait à la charge. Elle fit un grand demi-tour dans les airs avant de plonger de nouveau vers le prétendu navire marchand. Le bâtiment n'en avait plus pour longtemps. Sous ce barrage continu d'explosions, il finirait inévitablement par sombrer.

Cependant, Hixell avait une dernière carte à jouer.

— Aux grands maux, les grands moyens, maugréa-t-il.

Miyalrel le vit s'emparer d'une arme fort similaire à une kyansé, mais plus longue et volumineuse. Les cristaux aux extrémités de la tige étaient tous les deux jaunes. C'était la première fois que l'adolescent voyait une arme semblable.

— Qu'est-ce que c'est?

— Une *xikyansé*. Une kyansé améliorée. C'est une arme strictement interdite. Ceux qui ont attaqué Nieslev s'en servaient pour faire sauter et brûler les maisons. Ils en ont laissé une sur le terrain. Le seigneur Xiral me l'a confiée avant notre départ.

La créature poussa un nouveau cri, déchirant la nuit de sa voix lugubre. Puis, elle amorça un nouvel assaut en piqué, sans se douter du danger qui, désormais, la menaçait.

— Avale ça! cria le capitaine Hixell.

La tige aux cristaux jaunes, aussi longue que son avant-bras, émit immédiatement un rayon de lumière incandescente. Ce fut uniquement la malchance qui voulut que l'entité crachât un projectile orangé au même moment. Les deux formes d'énergie se heurtèrent et explosèrent violemment, forçant la libellule à remonter dans le ciel nocturne.

— Raté! s'écria Miya. Vous reste-t-il une autre charge?

Hixell n'eut pas le temps de répondre. Au-dessus de lui, le ver aux ailes de lumière bascula sur lui-même, orientant son horrible gueule vide vers le bas. Il vomit alors une pluie mortelle de bombes orangées, l'une après l'autre, dans un déluge continu.

C'était l'assaut final — et le *Xarobas* n'y survivrait pas.

— Dispersez-vous! hurla le capitaine Hixell.

Tous les hommes encore présents sur le pont et le gaillard d'avant se précipitèrent vers les rambardes démolies et se jetèrent à l'eau. Miya se mit également à courir, mais non vers la lisse. Le garçon ne savait pas nager. Même si le soldat Jadran avait réussi à mettre les canots à la mer, il n'était pas certain qu'ils arrivent à sauver Miya avant qu'il ne boive la tasse, surtout en pleine nuit. Le jeune chevalier se précipita donc vers l'arrière du navire, le plus loin possible du point où allaient s'écraser les sphères orangées.

Celles-ci, cependant, touchaient déjà leur cible.

Un fracas insoutenable faillit faire sauter ses tympans. Le pont du navire explosa, comme si la cale avait été remplie de dynamite. Un bref cri de panique franchit les lèvres du jeune garçon, mais s'étrangla dans sa gorge lorsque l'onde de choc le heurta et lui coupa brutalement le souffle. Tout comme s'il venait d'être lancé dans les airs par la charge d'un taureau furieux, il vit passer sous ses yeux le pont ravagé du navire. Il comprit vaguement qu'il était en vol plané, propulsé avec une force inouïe par la violence des explosions. Puis, il se mit à retomber.

S'il était resté quelque chose du bastingage, Miya se serait cassé les reins. En l'occurrence, il vit brusquement les planches du pont s'escamoter — remplacées par l'eau noire du lac Qirin.

Un cri d'effroi se forma dans sa gorge, mais n'eut pas le temps de jaillir. Il plongea dans les eaux sombres en soulevant une grande gerbe d'écume. Aussitôt, la panique s'empara de lui. Il se mit à battre des bras et des jambes, désespérément, pendant que ses poumons, privés d'air, communiquaient une sensation de brûlure à toute sa poitrine. Alors qu'il croyait succomber, sa tête troua miraculeusement les vagues. Il prit aussitôt un grand souffle saccadé, barbotant au ras de la surface en agitant fébrilement les bras.

— À… à l'aide ! hurla-t-il entre deux souffles. *Je ne sais pas… ghlb !*

L'eau entra dans sa bouche et fit taire ses appels au secours. Il la recracha et hoqueta. Juste en face de lui, le navire *Xarobas* sombrait sous ses yeux. Il n'apercevait qu'un canot de sauvetage sur les deux qui auraient dû être déployés. Les hommes qui avaient survécu au naufrage tenteraient sûrement de s'y réfugier. Il n'y aurait pas assez de place pour tout le monde.

Dans sa panique, Miya dépensait beaucoup trop d'énergie. Ses jambes battaient l'eau sous ses pieds avec une telle violence qu'il aurait pu assommer un requin. Pourtant, cela ne suffisait pas à le maintenir à flot. Sa tête coulait souvent sous les vagues, pour ressurgir chaque fois plus mouillée — et plus affolée.

À ce moment, il songea furtivement à Siya. Où était-elle? Si le navire coulait, risquait-elle de mourir noyée, elle aussi? Elle pouvait sans doute s'enfuir facilement, mais que deviendrait-elle, sa petite sœur, si Miya périssait cette nuit?

Tout en luttant contre les flots qui souhaitaient l'engloutir, le garçon hurla à l'intention des hommes dans le canot de sauvetage.

— Aidez-moi! Je vais... *ghlb*... me noyer!

Ses cris finirent par attirer l'attention. Mais non celle de ses sauveteurs.

L'énorme créature jaune s'était désintéressée du navire agonisant. Elle survolait maintenant le lac en direction de l'adolescent désemparé. Il représentait une cible facile.

Le Taah Nù Xep aimait les cibles faciles.

À bord du *Xarobas*, Miya n'avait jamais pleinement pris conscience de l'envergure réelle de cette entité. Maintenant qu'il voyait sa gueule lumineuse s'ouvrir au-dessus de sa tête, il tremblait comme une feuille dans l'eau sombre. Son corps tout entier aurait pu disparaître dans cet abysse de chair, ce boyau interminable sans lèvres, sans langue, sans dents. La créature se préparait à lui cracher une bombe orangée à bout portant. L'explosion lui ferait sauter la tête. Sa cervelle allait tartiner les vagues. Il n'avait qu'une chance de lui échapper. Plonger immédiatement — et profondément. Auquel cas, ne sachant pas nager, il ne remonterait jamais.

Le jeune garçon ressentait une telle peur qu'un petit rire de détresse lui échappa. Il n'avait plus qu'à choisir la façon dont il voulait mourir. Noyé ou broyé?

Ses jambes épuisées flanchèrent. Il sentit sa tête couler sous la surface.

S'il avait pu, il aurait sangloté. Il ne voulait pas mourir. Pas comme ça. Pas après avoir retrouvé sa petite sœur, pleine d'énergie et de joie de vivre.

Il y eut une sonorité bizarre, tel le roulement du tonnerre entendu à travers un mur de tôle. Tout à coup, le garçon se sentit écrasé, comme si l'eau du lac elle-même cherchait à broyer sa poitrine. Au-dessus de lui, la libellule géante avait craché sa bombe orangée, creusant momentanément un vaste cratère à la surface des flots. La compression soudaine du liquide força l'air à sortir de ses poumons. Un hoquet secoua sa poitrine brûlante. Il leva les yeux et se mit à agiter vainement les bras, griffant l'eau de ses doigts crispés.

*Siya*, songea-t-il. *C'est fini…*

Du coin de l'œil, il aperçut l'une des lumières du lac. Une étoile filante bleue, qui stria l'eau noire pour disparaître aussitôt.

*Je crois qu'ils sont mille…*

Il songea furtivement aux enfants de la légende. Ce fut sa dernière pensée consciente avant que l'eau froide envahisse ses poumons, entraînant ses derniers ébats futiles dans les flots. Les soubresauts ultimes de son corps furent faibles, désordonnés. Il perdit rapidement connaissance, abandonnant sa vie beaucoup trop courte aux profondeurs obscures.

Puis, ce fut le silence, et la nuit.

# Chapitre 8

Alors que le pont du *Xarobas* éclatait de toutes parts, Siyanlis protégea instinctivement ses yeux contre les débris volants. Bien qu'elle fût toujours intangible, une partie de l'énergie émise par la gigantesque entité l'atteignait. Elle ressentait dans tout son corps des picotements et des fourmillements désagréables. Dans l'agitation, elle avait perdu Miya de vue. L'enchaînement rapide des événements ne lui donna pas l'occasion de partir à sa recherche. Le Taah Nù Xep livra son attaque finale, crachant une succession interminable de sphères orangées en direction du navire impuissant. Tout se mit à exploser.

Avec un cri d'effroi, la petite fille prit la fuite.

Sur la berge du lac Qirin, le sable fut soulevé par une rafale surnaturelle. L'image de Siyanlis apparut, visage tourné vers l'eau noire. Le *Xarobas* — ce qui en restait — coulait rapidement. À cette distance, l'enfant ne pouvait plus distinguer les hommes.

Ni son ami.

— *Miya!* hurla-t-elle.

Son cri désespéré se perdit sur le lac. La fillette sentit alors des larmes piquer ses yeux. Elle ne pouvait rien faire. Son état ne lui permettait aucune intervention salutaire. Or son meilleur ami se noyait là-bas, en compagnie de tous les malheureux qui n'avaient pas le pouvoir de se volatiliser comme elle le faisait.

Une vague de détresse la terrassa. Elle s'effondra dans le sable, les joues ruisselantes de larmes. Un cri de bête blessée jaillit de sa gorge, tandis que naissait un tourbillon sauvage de vent déchaîné.

— *Miyaaaaaa!*

Loin au-dessus des eaux sombres, le Taah Nù Xep triomphant poussa un long mugissement creux, sa gueule hideuse levée vers le ciel noir.

Lorsque Miya recouvra ses esprits, il était étendu sur le dos, sur une grande pierre plate. Il prit instinctivement une grande respiration — et constata avec surprise que ses poumons n'étaient pas remplis d'eau. La confusion et la peur l'envahirent.

— Que se passe-t-il? murmura-t-il.

Comment avait-il survécu? Quelqu'un l'avait-il sauvé de la noyade à l'ultime seconde?

Il songea brusquement à Siya, mais secoua la tête. Comment sa jeune amie, intangible, aurait-elle pu le tirer du lac, ou même le ramener à la surface?

Le garçon essaya de rassembler ses souvenirs. Les brumes du sommeil s'évanouissaient et la lucidité lui revenait. Que s'était-il passé au juste, avant qu'il croie mourir noyé?

Il l'ignorait. Et il n'eut pas l'occasion d'y réfléchir. Car à ce moment même, un vif serpentin de feu bleu dansa devant ses yeux et s'évanouit.

Miya écarquilla les yeux. Il ne pouvait s'être trompé. C'était l'une des « lumières » énigmatiques du lac Qirin.

Au fond du lac. Il était *au fond du lac*.

Comme piqué par un taon, l'adolescent bondit sur ses pieds. Les algues, les poissons furtifs, cette couleur glauque qui déformait sa vision des choses lointaines — il n'y avait aucune autre explication. Il se tenait debout au fond de l'eau, sur le sable du lac Qirin. Pourtant, son corps n'éprouvait aucun besoin d'oxygène. À bien y songer, Miya respirait normalement, en dépit de l'eau profonde dans laquelle il baignait.

Il ouvrit la bouche et récita les premières lettres de l'alphabet. Sa voix était tout à fait normale. Ou hallucinait-il de bout en bout ?

— Suis-je mort ?... Est-ce que c'est ça, une noyade ?...

Il secoua la tête. Ce n'était pas possible. Son âme aurait dû monter vers Inyëlh. Or, bien que Miya n'eût jamais été religieux, il était convaincu qu'Inyëlh, sphère de paradis et royaume éternel des âmes, ne prenait pas l'aspect du lac Qirin.

Complètement mystifié, il s'éloigna à pas lents de la pierre plate sur laquelle il avait repris connaissance. Il marchait purement et simplement au fond de l'eau : la résistance du liquide n'entravait pas ses mouvements.

Il eut alors la surprise d'apercevoir une petite étendue de ruines.

Elles étaient anciennes. Il n'en subsistait que la pierre : tout ce qui avait été bâti en bois ou en chaume avait disparu depuis des siècles, voire des millénaires. Même la maçonnerie, en général, s'était effondrée. Il ne restait qu'une demi-douzaine de structures parmi lesquelles on pouvait reconnaître d'anciennes habitations. Les algues et les coquillages avaient tout envahi.

Miya demeura immobile. Il contemplait les restes de ce village submergé, comme figé par le poids de l'éternité. Que lui arrivait-il ? Pourquoi était-il ici ?

Était-il *réellement* au fond du lac Qirin, ou… ailleurs ?

Le garçon tourna la tête. Un reflet insolite avait attrapé son regard. Lorsqu'il étudia la couche de sable à sa droite, il aperçut immédiatement l'origine du scintillement.

— Ma… ma sinlé !

Il se précipita vers son arme. Elle était toujours aussi splendide. Même au fond de l'eau, ses lames aux tranchants de cristal bleu chatoyaient gaiement. Elle avait dû couler en même temps que lui. Il avait dû l'échapper… au moment de mourir.

Craintivement, le jeune garçon se pencha pour la ramasser. Ce qu'il redoutait ne survint pas. Ses doigts, tout à fait solides, se refermèrent sur la tige centrale de la sinlé et la soulevèrent sans peine. Miya n'était donc pas devenu une âme en peine.

— Ouf, murmura-t-il malgré lui.

Il songea alors à Siya et se mit à rire. Une enfant fantôme, on pouvait toujours s'y faire, pour autant que l'on crût aux miracles. Ou aux revenants. Deux petits spectres, cela aurait commencé à devenir ridicule. Mais cela n'expliquait pas ce que Miya faisait au fond du lac Qirin, *vivant*, alors qu'il venait de s'y noyer.

Autour de lui, les lumières du lac dansaient joyeusement dans l'eau. Elles disparaissaient furtivement, à la manière de feux follets, mais d'autres prenaient toujours leur place. Il était impossible d'en garder une à l'œil assez longtemps pour se faire une idée de leur nature.

Miya renonça à expliquer leur présence, tout comme sa propre survie, jusqu'à nouvel ordre. Il sortirait du lac, retrouverait Siya et les survivants du naufrage, et tenterait de tirer les choses au clair à ce moment-là. Avant tout, cependant, il souhaitait visiter les ruines mystérieuses qui s'offraient à lui, là où personne, sans doute, ne soupçonnait leur existence.

Le garçon se mit en route. Distraitement, il fit tournoyer sa sinlé, heureux de l'avoir retrouvée avant même d'avoir pu regretter sa perte. Il avait, en revanche, perdu le bouclier, ainsi que tout l'équipement qui était resté dans sa cabine à bord du *Xarobas*.

— Le *Xarobas*, murmura-t-il subitement.

Si Miyalrel était réellement au fond du lac Qirin — ce que sa sinlé retrouvée semblait prouver —, alors, en toute logique, le faux navire marchand devait avoir sombré dans les parages. Ce serait la preuve définitive de la situation dans laquelle il se trouvait.

Le jeune garçon se mit à scruter le fond du lac. Tout d'abord, il ne vit rien, jusqu'à ce que ses yeux se posent sur une masse sombre, incongrue, qui ne pouvait avoir qu'une origine.

— Oui!… Il est là!

Miya se détourna du village — qui avait attendu des siècles et attendrait bien quelques minutes de plus — afin de bifurquer en direction du navire. Le *Xarobas* gisait sur son flanc, présentant sa coque à l'adolescent. Nul doute qu'il s'agissait du même bateau. Toute autre épave aurait été envahie par les algues; celle-ci semblait vernie et astiquée.

Le jeune garçon contourna le navire afin de voir plus que la coque. De l'autre côté, les dégâts étaient apparents. Les explosions avaient dévasté le pont et les superstructures, pulvérisant tout. D'énormes trous étaient désormais visibles dans la charpente de la caravelle.

Miya demeura pensif. Il n'apercevait aucun cadavre ; ceux-ci devaient s'être dispersés dans les eaux du lac.

*Je me demande si les autres ont subi le même sort que moi ?* songea-t-il. *Est-ce que nous sommes plusieurs à nous promener comme des fantômes au fond du lac ?*

Bizarrement inquiet, Miya observa les alentours. Il n'aperçut toutefois personne.

Il reporta son attention sur le navire. S'il voulait récupérer son équipement dans sa cabine, l'occasion était parfaite. Il fallait toutefois qu'il s'introduise dans l'épave, ce qui pouvait comporter des risques. Le garçon ne savait pas s'il pouvait être blessé dans son état actuel.

*Vérifions*, considéra-t-il en glissant son auriculaire gauche le long de sa sinlé. Une douleur aiguë ainsi que l'épanchement d'un filet de sang dans l'eau lui apprirent qu'il était toujours sensible aux mêmes dangers que les autres mortels. Sauf la noyade, apparemment.

Les lumières du lac tournoyèrent brièvement autour de lui, comme pour se moquer de sa petite expérience.

— Bon, ça va, j'ai compris, dit sarcastiquement l'adolescent.

*Et voilà que je parle à des feux follets*, acheva-t-il en pensée.

Avec prudence, Miya pénétra à l'intérieur du navire. Il espérait récupérer son équipement, mais comprit graduellement qu'il n'en aurait pas la possibilité. Il *marchait* au fond de l'eau ; il ne nageait pas. Lorsqu'il voulut se hisser dans les coursives du navire, devenues, pour la plupart, des puits verticaux, il découvrit qu'il était incapable de quitter le sol. Il parvenait bel et bien à sauter, mais ses bonds étaient identiques à ceux qu'il aurait pu faire sur la terre ferme.

De plus en plus perplexe, l'adolescent contourna une cloison qu'une explosion avait partiellement défoncée. De l'autre côté, il s'immobilisa sur place et hoqueta de frayeur.

Un corps flottait dans l'eau, prisonnier des restes d'une cabine. C'était celui d'un jeune soldat qui s'était manifestement noyé dans le naufrage du *Xarobas*. Sans doute était-il tombé dans les profondeurs du navire à travers l'un des trous sur le pont. La tête en bas, le jeune homme était maintenant suspendu, figé dans une posture rigide qui ne laissait aucun doute sur le fait qu'il ne reverrait jamais sa famille.

Troublé, Miya n'arrivait plus à détacher son regard des yeux éteints du matelot. Comme lui, ce malheureux s'était noyé, mais pour lui, aucun miracle inexplicable n'était survenu.

Ou alors, peut-être le corps de Miyalrel gisait-il de manière semblable, quelque part au fond du lac, en ce moment même.

Mais si tel était le cas, pourquoi le jeune Xinjis Râ était-il là, bien vivant ?

Mal à l'aise, il termina rapidement son exploration du navire. Il essayait maintenant de chasser ce regard vide et mort de ses souvenirs. Le jeune soldat n'avait probablement pas plus de dix-neuf ans. Ce serait une autre victime dont il faudrait venger la mort, lorsque les forbans responsables paieraient le prix de leurs crimes.

— Quelqu'un à Nieslev a dû nous trahir, maugréa rageusement Miyalrel. Nos ennemis sont trop loin, ils ne pouvaient pas savoir que nous étions sur leurs traces à bord d'un navire !

Pourtant, il n'y crut pas vraiment. Les forces ennemies avaient trop de sortilèges inexplicables à leur disposition. L'existence d'un traître n'était pas nécessaire.

Pendant un moment, l'adolescent ressentit l'urgence de sa mission. Il songea à sortir du lac le plus rapidement possible. Toutefois, ses pas le guidèrent plutôt vers le village submergé. Ce lieu le fascinait, sans qu'il sache exactement pourquoi.

Dans toute l'étendue des ruines, seule une poignée de structures demeuraient relativement intactes. Quelques maisons aux murs et aux toits de pierre, comme on en construisait jadis dans certains royaumes, ainsi qu'une sorte d'église à vitraux, qui avait, elle, perdu son toit depuis des siècles. Dans le sable, quelques pierres insolites scintillaient pâlement. Miya en recueillit une et l'examina. C'était une forme de quartz, sans doute naturel, mais phosphorescent. Distraitement, il en ramassa une demi-douzaine et les mit dans ses poches. Il essayait encore de se convaincre que tout ceci était réel. Ces pierres prouveraient qu'il n'avait pas rêvé, s'il sortait un jour du lac Qirin autrement qu'à l'état d'esprit errant.

Pendant plusieurs minutes, il marcha parmi les décombres.

— Cet endroit doit dater de la Deuxième Ère… Peut-être même de la Première… Je n'en reviens toujours pas ! Est-ce que ces ruines sont connues, ou suis-je le premier à les découvrir ?

Il avançait lentement, étudiant chaque muraille écroulée, chaque structure effondrée. Parfois, une des « lumières du lac » filait devant ses yeux, projetant brièvement une clarté pâle, fantomatique, sur les environs.

Miya voulut crier « Y a-t-il quelqu'un ? », mais comprit que ce serait stupide. Personne ne pouvait vivre ici.

Pourtant, il décida de poursuivre son inspection. Il se dirigea vers l'ancienne église, impressionné malgré lui par ceux qui avaient jadis érigé ce bâtiment. Si tout ceci datait vraiment de la Première Ère, la chapelle était au fond de l'eau depuis cinq millénaires. Un laps de temps pareil, cela pouvait représenter l'espérance de vie de tout un peuple.

Tout en marchant vers la construction ancienne, il songea à Siyanlis. Où était-elle en ce moment ? Pleurait-elle sa mort comme il avait pleuré la sienne ? Quant à lui, en marchant dans ce monde où la logique n'avait plus sa place, éprouvait-il les mêmes sentiments que Siya avait ressentis en basculant dans sa dimension transparente ? En ce moment même, était-il condamné, comme sa meilleure amie, à ne jamais reprendre pied dans l'univers normal ? Il aurait franchement aimé le savoir, quitte à encaisser une dure vérité.

Tout ceci ressemblait à un mauvais rêve... mais éveillé.

Chassant son trouble, il pénétra dans l'église par la porte d'entrée. Ce fut chose facile, puisque les battants n'existaient plus depuis longtemps. Un hall silencieux l'accueillit. Pris d'un respect profond pour le caractère autrefois sacré des lieux, il avança sans dire un mot. Il ne put, toutefois, retenir une exclamation de surprise lorsqu'il découvrit la nef.

— Inyëlh!...

Les lieux n'étaient pas sombres et délabrés, comme Miya s'y attendait. Au lieu de cela, ils étaient vivement éclairés par des dizaines de filaments lumineux, pâles et bleus, qui semblaient graviter autour des vitraux magnifiques qui dominaient l'adolescent de tous les côtés. Les lumières du lac Qirin étaient rassemblées ici, dans la nef de l'église, et jetaient leurs scintillements merveilleux sur les murs et les fenêtres.

Le premier instant de surprise passé, Miya fronça les sourcils.

— Attends... Des vitraux?... Intacts, après tout ce temps?

Il avança prudemment dans la vaste salle, où bancs et meubles avaient disparu depuis longtemps. Comme l'église avait également perdu son toit, il apercevait les étoiles filantes qui striaient l'eau au-dessus de sa tête. Les vitraux colorés chatoyaient, lorsque les filaments éphémères passaient devant et derrière.

— Ce sont des êtres vivants…

La réalisation lui était venue instantanément. Une certitude absolue l'avait frappé, comme la foudre qu'attirait son amie Siyanlis. Ces apparitions mystérieuses, ces lumières dansantes qu'on ne voyait qu'après la pluie, *étaient des entités vivantes.*

— « *Comment puis-je savoir ? Dois-je attendre le soir ?…* » C'est donc cela, l'origine de la comptine…

Au fond de l'église, une pâle lumière bleue s'était allumée. Elle nimbait une porte, une issue qui devait donner sur l'extérieur, de l'autre côté du bâtiment. Poussé par la curiosité, le jeune garçon avança vers la porte. Ou plutôt, vers son cadre dépourvu de battant. Pourquoi les « lumières du lac » lui indiquaient-elles cette voie ? Qu'y avait-il de l'autre côté ?

Il franchit le seuil en silence, émerveillé, et leva ensuite son regard vers la surface des eaux. Devant lui se dressait une colonne rugueuse, un doigt de titan qui accusait à tout jamais le ciel nocturne. C'était le pilier dont avait parlé le capitaine Hixell.

Le pilier des Âmes.

Miya secoua la tête, comme pour en chasser une hallucination. Pourquoi n'avait-il pas aperçu cette masse énorme lorsqu'il traversait les ruines du village ? Et pourquoi, après être restée invisible si longtemps, brillait-elle maintenant d'une éclatante lumière bleue, illuminant le fond du lac à la façon d'un soleil sous-marin ?

Finalement, l'adolescent n'y tint plus.

— Que se passe-t-il ? demanda-t-il à l'intention des entités. Qui êtes-vous ? Êtes-vous les enfants de la légende ? Et moi, suis-je mort aussi ?

Il parlait sous l'eau sans problème. Il avait toutefois la nette impression que son esprit, non sa voix, transmettait ses paroles. D'ailleurs, à l'extrême limite de sa conscience, il percevait *leur* existence. Une présence ancienne et mystérieuse, difficile à comprendre.

Miya observa longuement la colonne de pierre.

— Cet endroit... le pilier... On dirait qu'il est au centre de cette vie étrange...

Il fronça un sourcil. Il percevait autre chose, dans ce domaine de la pensée où la lucidité se fondait dans le subconscient. Il baissa la tête, vit sa bourse à sa ceinture, et sut qu'il devait l'ouvrir. Il fit les gestes sans savoir pourquoi, et lorsqu'il releva la main, il tenait la *xishâzen nâ* de la petite Tanilya. Longtemps, comme hypnotisé, il observa le joyau turquoise dans ses moindres scintillements. La pierre brillait d'une lumière intérieure, paisible et mystérieuse.

— Tanilya, murmura-t-il.

La mère de la fillette, mourante, avait voulu préserver le souvenir de son enfant, à qui elle avait promis qu'elle ne serait jamais oubliée.

Ce lieu semblait réaliser cette promesse.

Le cristal bleuté perdit sa solidité entre les mains de Miyalrel. Il prit la forme d'un filament scintillant de lumière bleue. Avec fascination, le jeune garçon regarda l'énergie intangible onduler dans l'eau froide, désormais libre de toute contrainte physique. Une puissance douce et magnifique imprégnait l'eau autour de lui. Elle se fondait progressivement dans son corps et l'emplissait d'une grande sérénité. Émerveillé, l'adolescent contemplait les innombrables lumières furtives qui dansaient autour de lui, dans les eaux sombres du lac Qirin.

*C'était donc vrai*, songea-t-il.

Mille petits Xinjis Râ. *Mille xishâzen nâ.*

Il tâta sa propre pierre de vie, solidement ancrée dans la chair de sa gorge. S'était-elle mise à briller, elle aussi ? Sa vie allait-elle être absorbée, à son tour, par les entités du lac ? Les lumières vivantes ne semblaient pas vouloir sa perte, mais elles ne comprenaient peut-être plus le concept de la vie humaine. D'ailleurs, il demeurait possible que Miya fût déjà mort en tant que garçon humain.

— Je dois savoir, murmura-t-il. Je dois retourner là-haut!

Il leva les yeux vers le sommet de la colonne rocheuse. Au prix de quelques efforts, il devrait pouvoir «nager» vers le haut en s'accrochant à la pierre rugueuse.

Il s'appuya solidement sur la base du pilier des Âmes et se donna une poussée. À sa grande surprise, il découvrit qu'il n'était guère difficile de remonter. Autour de l'obélisque géant, l'eau reprenait graduellement sa consistance naturelle. En explorant le fond du lac, Miya avait eu l'impression de marcher à l'air libre; à présent, la résistance du liquide se faisait sentir de nouveau. En conséquence, l'eau pouvait désormais supporter le poids de son corps. En s'aidant du pilier, il arriverait tant bien que mal à se hisser à la surface. Il aurait sans doute eu plus de succès s'il avait appris, comme les autres enfants de son âge, à nager convenablement.

*Je vais y arriver*, songea-t-il pour se donner du courage. *Encore un effort !*

Cependant, une autre force, difficile à identifier, faisait pression sur son esprit. Ce n'était pas la gravité qui cherchait à l'attirer vers le fond. En fait, cela n'avait rien à voir avec les lois de la physique. C'était une énergie mentale sans définition précise. Cette force résistait, cherchait à le retenir au fond du lac.

Miya pressentait que la volonté inconnue n'était pas malfaisante. Il devinait même une sorte de détresse vague.

Plus le garçon gagnait en hauteur, plus la force resserrait son étau. En dépit de tous ses efforts, Miya se retrouvait constamment à bout de souffle. L'eau était-elle en train de raffermir son emprise ? Était-il en train de se noyer — pour la deuxième fois ?

Le garçon s'accrocha au pilier rocheux pour se reposer. Une sensation inconfortable broyait sa poitrine. Son cœur était serré par le poing invisible d'un géant. Ses pensées devenaient floues. Il serra les mâchoires et ferma les yeux. La surface était proche. Il n'avait qu'à fournir un dernier effort gigantesque pour s'arracher à l'emprise surnaturelle des profondeurs.

Alors, il eut brusquement une vision.

Le lac Qirin était en pleine folie. Une tempête sauvage soulevait d'immenses vagues à crêtes blanches sur toute sa surface. Plusieurs navires tanguaient et roulaient dans la tourmente, leurs voiles secouées par des rafales furieuses. Sur les ponts de ces navires, on s'affairait à pousser des dizaines de figures humaines dans les flots turbulents.

Comme dans un rêve, Miya s'approcha de la scène. Tous ceux qui étaient jetés par-dessus bord étaient des petits Xinjis Râ. Les plus âgés devaient avoir quatorze ou quinze ans ; les plus jeunes n'avaient guère plus de trois ans. Les vagues les engloutissaient avidement, telles les gueules salivantes d'innombrables monstres affamés. Dans le ciel tournoyaient d'énormes créatures lumineuses, semblables à des anguilles pourvues d'ailes de libellule. Chacune devait avoir l'envergure d'un navire entier.

*Ces monstres!* songea Miya avec effarement. *Ils sont identiques à...*

Tous les enfants avaient maintenant été jetés dans le lac. Dans la tempête féroce, plus de la moitié avaient déjà dû se noyer. Ceux qui nageaient encore tentaient désespérément de garder leur tête bleue à flot. Les bateaux auxquels ils auraient pu s'agripper s'éloignaient d'eux, leur odieuse mission étant accomplie. Alors, les monstres ailés se mirent à descendre. Leurs gueules vides s'ouvrirent et s'illuminèrent. Des sphères orangées fusèrent dans l'air saturé de pluie.

Miya ferma les yeux. Il imaginait sans peine la scène; il n'avait pas besoin d'y assister. Les bombes à contrecoup devaient tuer tous ceux qui s'accrochaient encore à la vie.

Ils avaient donc péri ainsi. Un millier d'enfants, exécutés par pure cruauté. Les responsables de ce crime impardonnable avaient disparu depuis longtemps, mais leurs terribles entités ailées existaient toujours. Même cinq mille ans plus tard, il en restait une.

Lorsque le garçon rouvrit les yeux, la vision s'était estompée. Il demeurait agrippé au pilier. Ses larmes se mêlaient à l'eau qui caressait son visage. La volonté étrangère s'affermissait de plus en plus, comme si le lac refusait de le laisser partir. Miya demeurait cependant convaincu qu'il ne s'agissait pas d'une agression hostile. D'ailleurs, il commençait à percevoir les paroles lointaines de ces êtres qui se présentaient sous la forme de filaments de lumière bleue.

Ils ne parlaient pas à la manière des êtres humains. Ils pensaient. Leurs pensées traversaient ensuite le lac entier, sans que la distance soit en cause, recueillies et amplifiées éternellement par le pilier des Âmes qui se dressait en son centre. L'adolescent percevait ces communications télépathiques à la limite de sa conscience.

— *Reste avec nous…*

Il tenta de répondre par la même voie.

— *Je ne peux pas… Je dois remonter…*

La voix lointaine parut ressentir un grand désarroi.

— *Pourquoi ?*

Miya répondit par la simple vérité.

— *Je ne peux pas abandonner ma petite sœur.*

La détresse de la voix lointaine sembla alors s'atténuer.

— *Alors, tu es comme nous.*

Miya hésita. Il lui restait une dernière question. S'il osait la poser.

— *Suis-je vraiment mort noyé ?*

La réponse des entités le laissa stupéfait.

— *Cent petits enfants vivaient par beau temps…*

# Chapitre 9

Miyalrel était debout sur le pilier des Âmes, hors de l'eau, sans même savoir comment il était arrivé là. Le lac s'étendait dans toutes les directions. Il faisait toujours nuit.

La voix parlait toujours.

*Les six cents enfants*
*En ce jour de vent…*

Des images folles parcouraient son esprit. Il revoyait le navire *Xarobas*, le visage du capitaine Hixell, les yeux éteints du soldat noyé. Il se remémorait la créature ailée, la gigantesque libellule aux ailes de lumière jaune, sa gueule sans yeux, sa queue crépitante.

*Sept cents pour Inyëlh*
*La nuit éternelle…*

Il revivait sa propre agonie dans les flots, sa propre noyade terrifiée, tout en évoquant la douleur que Siya avait dû ressentir en le voyant disparaître. Il imaginait le chagrin qu'elle devait encore éprouver en le croyant mort.

*J'en comptais huit cents*
*Huit cents beaux enfants...*

Aussitôt, une seule pensée surgit, claire et précise. L'entité monstrueuse qui avait détruit le navire devait être détruite à son tour. Il ne fallait plus jamais que Nirvô et ses maîtres puissent avoir recours aux pouvoirs dévastateurs de cette horreur.

*Seraient-ils neuf cents*
*Petits innocents ?...*

Le lac semblait défiler sous ses yeux, comme si Miya était porté par le vent au-dessus des flots sombres. Il vit la rive se découper dans les ténèbres, les pieds toujours ancrés sur le pilier au milieu du lac. Dans son champ de vision, qui englobait maintenant tout ce qui l'entourait, devant comme derrière, la créature monstrueuse apparut dans toute sa sinistre splendeur.

*Mais après la pluie*
*Je les vois qui rient…*

Miya poussa un cri. Le monstre ailé tourna la tête.

Le voyait-il arriver ? Percevait-il son approche irréelle, la distance à la fois immense et infime qui les séparait ? Comprenait-il mieux que lui ce qui était en train de se produire ? Car le garçon avait l'impression que l'affrontement allait maintenant se produire sur un plan incompréhensible, dans l'âme même des entités du lac.

*Nous sommes toujours mille*
*Sous les flots tranquilles.*

Miyalrel posa un regard froid — un regard qui n'était plus entièrement le sien — sur la créature maléfique. Elle émit son ululement sauvage dans la nuit et tourna sur elle-même pour l'affronter. Comme si le garçon était vraiment là, devant elle.

Il y avait quelque chose d'anormal. Les dimensions de la bête avaient changé. Alors que naguère, sa taille dépassait celle du *Xarobas* tout entier, elle paraissait maintenant avoir rétréci. Elle se présentait à une échelle humaine, bien qu'elle demeurât deux fois plus grande que Miya.

L'étrange comptine se compléta alors d'elle-même dans l'esprit du jeune chevalier.

> *Dans ces eaux tranquilles*
> *Combien ont péri ?*
> *Pour en venger mille*
> *Un enfant suffit !*

Et Miya sut, à ce moment, pourquoi il était toujours en vie.

Le Taah Nù Xep virevolta et fondit en piqué sur l'adolescent. Dans sa gueule hideuse naquit une lumière intense. Miya leva la main et appuya sur la gemme enchâssée dans son anneau du Feu solaire. Un bref trait de

158

feu jaillit dans la nuit. La sphère orangée surgit à sa rencontre. Dès que le rayon bleuté la heurta, elle éclata. Il y eut une déflagration violente. Miya ressentit l'équivalent d'un coup de pied en pleine poitrine, mais garda son équilibre au sommet du pilier.

La créature, qui avait pris l'explosion de sa sphère en plein visage, remonta en flèche, bascula sur elle-même, et s'abattit de nouveau sur le garçon. Elle voulut récidiver. Miya utilisa encore une fois son anneau du Feu solaire. Il y eut une deuxième explosion au ras de l'horrible gueule, et la créature mugit de douleur et de frustration.

La troisième fois, elle apprit sa leçon. Sans faire mine de projeter un nouveau missile explosif, elle fondit sur ses ailes gigantesques en direction du jeune Xinjis Râ.

Sans hésiter une seule seconde, Miya saisit sa kyansé et visa l'apparition infernale. Il ne comptait pas faire quartier. Pas après la scène qu'il avait vue en songe.

À bout portant, il tira un rayon de lumière mortelle directement dans le corps ondulant de la créature. Aussitôt, l'énergie destructrice parcourut ses entrailles et fit éclater des lambeaux de chair. Poussant un cri horrible qui se répercuta sur tout le lac, la créature vira sur ses ailes gauches. Sa longue queue flexible, terminée par un aiguillon rigide, fouetta l'air et frôla la joue du jeune garçon. L'extrémité du dard le frappa à l'épaule. Une décharge électrique parcourut aussitôt son torse et son bras droit. La kyansé tomba de ses doigts gourds et fut engloutie dans le lac.

Avec une souplesse hallucinante, le monstre se renversa et attaqua de nouveau. Miya chassa les picotements résiduels qui couraient le long de son bras afin de saisir sa sinlé. La créature enragée fonça sur lui. Il leva les deux lames de son arme pour l'accueillir. Le combat prenait une tournure irréelle, mais le garçon ne s'en souciait plus. Le temps était venu de venger tous ceux qui étaient morts par la faute de ce monstre, tant cette nuit-là qu'au cours des ères passées.

Miya se sentait démesurément fort. Une puissance venue de nulle part ne cessait de croître dans ses veines. Il était convaincu que le lac lui-même lui fournissait cette énergie.

Au même moment, la libellule monstrueuse arriva à sa hauteur. En combat rapproché, ses sphères orange ne lui étaient d'aucun secours. Elle ne pouvait pas en cracher une sans risquer d'être défoncée par l'explosion. Miya lui asséna un coup de sinlé en pleine figure.

À proprement parler, le monstre n'avait pas de visage. La lame du jeune chevalier entailla néanmoins les deux bords de sa gueule démesurée. D'un soubresaut du corps, la créature contre-attaqua au moyen de sa queue crépitante. La sinlé de Miyalrel encaissa le choc et fit jaillir des flammèches jaunes.

*C'est le moment de me souvenir des techniques de Xis !* songea-t-il.

Il porta un coup normal pour faire reculer le monstre. Dans le bourdonnement incessant de ses trois paires d'ailes, il revint à la charge. Miya avait eu le temps de placer ses mains correctement sur son arme. Il tendit la sinlé devant lui à la manière d'une lance.

Pal du Diable.

L'extrémité d'une lame s'enfonça droit dans la gueule ouverte de la bête. Dans l'instant suivant, Miya faillit être désarçonné de son perchoir. Il avait momentanément oublié que le ver ailé n'avait pas de gorge proprement dite ; sa gueule de plante s'ouvrait sur un boyau interminable qui n'abritait aucun organe visible. Il n'avait réussi qu'à entailler ce qui pouvait passer pour la joue de la monstruosité.

Le Taah Nù Xep lui porta un nouveau coup d'aiguillon. Miya exécuta la technique spéciale de la roue des Lames afin de faire dévier le dard.

Cette fois-là, l'apparition ne revint pas à l'assaut. Elle se hissa d'un mètre ou deux et se mit à tournoyer autour du jeune garçon. Miya la tenait nerveusement à l'œil. Quel sale coup préparait-elle ? Peut-être fallait-il que…

L'adolescent tressaillit. Une sphère orangée, plus brillante que toutes les autres, venait d'apparaître dans la gueule de la créature. Il avait perdu sa kyansé, et sut instinctivement que son anneau du Feu solaire ne serait pas assez puissant pour faire sauter ce projectile. Or, s'il prenait cette sphère de plein fouet, son corps éclaterait comme une baudruche.

Son seul espoir de salut lui apparut en un éclair. C'était insensé. Pourtant, cette nuit-là, imbu de la puissance mystérieuse des entités du lac, Miya sut qu'il pouvait réussir.

Il empoigna sa sinlé par l'extrémité de l'une de ses lames, selon la méthode que Xis lui avait enseignée pour ne pas se lacérer les mains.

En même temps, la créature cracha la mort.

Miya sauta. Sans élan, à la verticale, sinlé levée, telle une flèche de cristal prête à embrocher le ciel. La bombe frappa le pilier des Âmes. Une force écrasante, venue du bas, parcourut

Miya des pieds à la tête. Il croyait halluciner. Il venait d'accomplir un saut vertical de deux mètres. La créature était droit devant lui. Sa gueule hideuse emplissait tout son champ de vision.

Avec un cri de joie féroce, le garçon abattit sa sinlé. Scission du Sang.

Il coupa le Taah Nù Xep en deux.

Le dernier mugissement de la bête fut sèchement interrompu. L'extrémité antérieure de son corps vermiforme se détacha dans une gerbe d'humeurs visqueuses. Sa gueule de plante carnivore chuta, telle une masse dans les eaux du lac Qirin. Elle s'embrasa brusquement de flammes jaunes, qui continuèrent à brûler longtemps sous l'eau.

Pendant ce temps, son corps battait des ailes de façon désordonnée. L'énergie qui parcourait sa queue commençait à se propager dans tout son organisme. Sa couleur, jusqu'alors jaune vif, vira brusquement à l'orangé.

Alors, dans un fracas assourdissant, elle explosa sur place comme l'une de ses propres bombes à contrecoup. L'onde de choc propulsa Miya à la renverse. Il effectua un vol plané spectaculaire avant de plonger dans les flots noirs du lac Qirin. Au moment de frapper les vagues, il avait déjà perdu connaissance.

Son corps coula ensuite silencieusement dans les eaux froides.

※

Il revint à lui, encore étourdi, allongé sur une plage de sable fin où venaient mourir quelques vaguelettes. Confus, il ouvrit lentement les yeux. La première chose qu'il vit fut le visage en larmes de sa petite sœur Siya.

Les lèvres de la fillette tremblaient sans arrêt. Elle essayait de prononcer le nom de son ami. Des larmes coulaient à profusion de ses grands yeux bleus, mais un sourire épanoui apparaissait déjà à travers ses pleurs. Partagée entre toutes sortes d'émotions, Siya finit par laisser la joie l'emporter.

— *Miyaaa !* hurla-t-elle en se lançant dans les bras du jeune garçon.

Elle passa évidemment droit à travers lui.

Couché dans le sable, Miya demeura interdit pendant quelques secondes alors que Siya restait étendue *dans* son corps. Puis, il éclata de rire. Siya sécha ses larmes à grands revers de la main, riant à travers ses sanglots. Si quelqu'un avait pu assister à ces retrouvailles émouvantes, en pleine nuit sur la plage d'un lac, il aurait été en droit de se demander quelle mouche avait piqué ces deux enfants.

— Je te croyais mort, Miya !

Des larmes coulaient encore des yeux de Siya, malgré toute sa bonne volonté. Miya tendit la main pour les sécher. Son geste, bien entendu, n'eut aucun effet, mais la petite fille chassait déjà son chagrin sans son aide. Le garçon fut soudain épris de tendresse. Siya avait-elle pleuré ainsi toute la nuit, depuis le naufrage du *Xarobas* ? D'ailleurs, combien d'heures s'était-il écoulé ?

Comme si elle avait deviné les pensées de son ami, la fillette prit la parole.

— L'aube approche, la nuit est presque finie.

— Qu'est-il arrivé aux hommes du *Xarobas*?

— La créature a fait sauter le canot qu'ils avaient mis à l'eau, mais elle ne s'est pas acharnée sur eux davantage. On aurait dit qu'elle avait été rappelée… ou que quelque chose l'avait brusquement fait fuir. Hixell et ses hommes ont nagé jusqu'à la berge la plus proche. Ils ont perdu le gros de leur équipement, leur navire, et huit hommes en tout. Ils sont repartis en direction de Nieslev, mais… je ne… je ne pouvais pas…

— Ne recommence pas à pleurer, Siya. Tout va bien. Je suis vivant.

La petite baissa les yeux et secoua la tête, un sanglot pris dans la gorge.

— J'ai cherché… Tout autour du lac… Toute la nuit… Lorsque je t'ai trouvé, étendu ici… Je croyais que tu… que…

— Siya, ne pleure pas… Je te l'ai dit, je suis vivant… J'ai survécu…

Le jeune chevalier tendit la main et désigna le centre du lac. Le pilier des

Âmes, désormais trop éloigné, n'était plus visible, mais Miya savait qu'il se dressait toujours là-bas, immuable et éternel. Dans les eaux noires, où les premières lueurs diffuses de l'aube commençaient à se refléter, d'innombrables feux follets éphémères dansaient en silence.

— Tu vois les lumières?

— Les lumières du lac?... Bien sûr... Pourquoi?

— Tout est vrai, Siya. La légende. Les enfants. Ils existent réellement. C'est l'obélisque géant au milieu du lac qui est à la base de leur existence. Je ne sais pas comment, mais ils m'ont sauvé la vie.

La fillette étudia longtemps les vifs serpentins bleus qui filaient sous la surface. Elle paraissait hypnotisée. Émerveillée. Miya comprenait sans peine ce qu'elle ressentait. Même s'il avait appris la vraie nature des lumières du lac Qirin, celles-ci gardaient tout leur mystère.

Siyanlis essuya ses dernières larmes et sourit radieusement.

— Je ne sais pas si vous pouvez m'entendre, mais je vous remercie de tout mon cœur. Pour Miya. *Merci à tous les mille.*

❀

Le maître aux yeux jaunes était livide de rage.

— C'est impossible! *Impossible!*

Nirvô se tenait loin, cette fois-ci. Yoolvh et Ugyùs ne feraient pas passer ce nouvel échec sur son dos.

Secrètement, Nirvô commençait à avoir peur. Depuis l'apparition de cette petite fille fantôme, les malheurs de Qentawah semblaient vraiment s'acharner sur leur groupe. D'abord, les cendres de Nanliya, reprises par Miyalrel. Puis, la destruction d'Axxaromqah à Nieslev. Ensuite, la victoire des troupes impériales dans les collines. Et *maintenant…*

— Comment ont-ils pu détruire le Taah Nù Xep? rageait Yoolvh. *Comment ont-ils pu vaincre un être de la Treizième Grise?*

Ugyùs se tenait silencieux, comme à son habitude, mais affichait une expression contrariée. Leurs projets glorieux ne pouvaient pas mourir. Il fallait qu'ils complètent la cérémonie au plus vite, maintenant qu'ils étaient essentiellement sans défense.

Incapable de contenir sa fureur plus longtemps, Nirvô posa l'unique question qui occupait son esprit.

— Miyalrel ! Où est-il maintenant ?

— Noyé dans le lac, laissa tomber Ugyùs. Tu n'as plus à te soucier de ta vengeance aveugle, Nirvô de Niruxed.

Yoolvh prit la relève.

— Le petit Xinjis Râ est mort. Maintenant, tu dois simplement remplir ton rôle et nous révéler le secret de l'envolée des âmes !

# DEUXIÈME PARTIE

## La merveilleuse

## envolée des âmes

Xxrlqh

Cette créature au nom
imprononçable est le
familier de Yoolvh.
On ne connaît pas sa
nature ou ses pouvoirs
véritables.

© 2010 Mylène Villeneuve

# Chapitre 10

L'aube se levait, un soleil à la fois, sur la plage du lac Qirin. Sur l'autre horizon, des nuages grisâtres s'accumulaient dans le ciel. Aucun nouvel orage ne se préparait ; ce serait simplement une journée nuageuse.

Miyalrel tendit une main pour réveiller Siyanlis, qui dormait paisiblement dans le sable près de lui. Sa main traversa purement et simplement le corps de son amie. Après un bref instant de perplexité et d'embarras — s'y ferait-il un jour ? —, le garçon décida finalement de recourir à la bonne vieille méthode.

— *Siya !*

La fillette ouvrit d'abord un œil, puis l'autre. Elle bâilla et adopta une position assise, encore à demi endormie. La nuit avait été beaucoup trop courte. Après le naufrage du *Xarobas* et la mystérieuse aventure de Miyalrel au fond du lac, les heures de sommeil s'étaient faites rares. En fait, lorsque les deux enfants s'étaient allongés dans le sable pour dormir, le ciel avait déjà acquis cette teinte de bleu qui annonçait la venue prochaine de l'aurore. À présent, les deux soleils brillaient de concert dans le ciel matinal.

— Déjà ?... Je faisais de beaux rêves...

Siya parut alors remarquer ce qu'elle venait de dire. Contrite, elle se tourna vers son ami.

— J'espère que tu n'as pas encore fait le même cauchemar ?

— Non... Je n'ai pas eu le temps !

Il y avait du vrai dans ses paroles. Il n'avait guère dormi que trois heures.

Siyanlis observa silencieusement le lac. En plein jour, on n'apercevait plus les «lumières» qui vivaient sous la surface. Elles n'étaient visibles que la nuit, et encore, seulement après les orages de la saison des pluies.

— Je me demande s'il s'agit *réellement* des mille enfants de la légende. Tu sais, Miya, il y a peut-être une autre explication.

— Peut-être, mais il faudrait qu'elle soit convaincante. J'ai eu une vision de leur noyade, voilà des siècles. S'il ne s'agissait pas d'eux, pourquoi m'auraient-ils montré de telles scènes ? Et pourquoi m'auraient-ils gardé en vie afin que…, enfin…

— Afin que tu les venges, c'est bien cela ?

— C'est ce que j'ai cru comprendre… Ces êtres au fond du lac m'ont donné la puissance de vaincre cette libellule géante, le Taah Nù Xep. La créature qui a coulé le navire.

Siya haussa un sourcil intrigué.

— Taah Nù Xep ? Comment connais-tu son nom ?

— Je ne sais pas. Je l'ai appris au cours du combat. C'est apparu dans mon esprit. En toute franchise, cette histoire me dépasse complètement. J'aime autant ne plus y penser. Quand je songe à ce que j'ai ressenti au moment où l'eau m'a empli les poumons, j'en frémis encore. Tu sais, Siya, je me suis vraiment noyé.

— Et moi, j'ai été foudroyée. Inyëlh soit louée ! Nous sommes des miraculés !

L'adolescent sourit malgré lui. Sa jeune compagne avait vraiment un talent particulier pour voir l'humour de n'importe quelle situation. Pour garder Siyanlis triste, il aurait réellement fallu un miracle.

— Alors ? pépia nonchalamment la petite fille.

— Alors, quoi ?

— Que faisons-nous ?

Miya ne répondit pas immédiatement. Pendant quelques instants, il étudia le paysage, du lac Qirin aux boisés qui les entouraient, en passant par les collines basses qui faisaient ondoyer le terrain derrière eux.

— Il faudrait savoir ce que Nirvô et son équipe de va-nu-pieds manigancent en ce moment. Nous pourrions nous rendre à Sisheel, toi et moi, et continuer notre mission. Ou nous pourrions rentrer sagement à Nieslev. Les survivants de l'équipage vont sûrement raconter à toute la ville ce qui est arrivé, et je voudrais bien que Qinlleh sache que j'ai survécu.

Siya eut un sourire espiègle.

— Tu n'as pas besoin d'aller à Sisheel pour savoir ce que Nirvô mijote, ni à Nieslev pour apprendre à Qinlleh que nous sommes en vie. Attends-moi, je reviens.

Avant même qu'elle n'ait fini de parler, son vent souleva une petite trombe de sable. Miya en reçut dans les yeux et cligna des paupières.

— Fais attention, Siya!

Trop tard. La fillette avait déjà disparu.

Le jeune garçon s'affala sur la plage, secouant la tête. Incroyable. Sa petite sœur ne laissait vraiment rien la tracasser. Elle semblait s'être parfaitement adaptée à une vie dans une dimension transparente. Il fallait avouer que sa seule perspective d'avenir, avant le geste répréhensible de Nirvô, avait été une longue et lente agonie, mais tout de même! Il fallait toute une dose d'insouciance pour accepter de telles circonstances comme elle le faisait.

C'était peut-être pour cela que tout le monde l'adorait, la petite Siyanlis.

En attendant son retour, Miya passa rapidement ses possessions restantes en revue. Il avait réussi — Inyëlh savait comment ! — à conserver sa sinlé aux lames de cristal bleu. À l'index de sa main gauche, il portait toujours son anneau du Feu solaire, qui devait bien pouvoir émettre encore une dizaine de traits de feu. Sa bourse était toujours accrochée à sa ceinture, ainsi qu'un couteau, et l'anneau runique de Vesyné enserrait toujours son bras gauche au-dessus du coude. Les pierres luminescentes qu'il avait ramassées au fond du lac, en guise de « preuves » de son aventure, tintaient toujours dans ses poches. Hormis cela et les vêtements qu'il portait, Miyalrel se sentait fort démuni.

*Allons*, songea-t-il. *Démuni est un mot fort. J'ai tout de même conservé tous mes gains au vingt-soixante... et Sisheel est la ville marchande la plus réputée du Royaume.*

Au moyen de sa sinlé, l'adolescent pourfendit agilement quelques ennemis imaginaires. Il se sentit ensuite beaucoup plus optimiste. Noyé ou non, il avait conservé toute son habileté à manier son arme. En attendant que Siyanlis revienne, il s'exerça à mettre en pratique les techniques spéciales que Xis lui avait apprises.

La fillette ne tarda pas à se manifester. Dix minutes seulement après son départ soudain, elle réapparut en soulevant un tourbillon de sable. Miya remarqua avec amusement que ses cheveux étaient toujours ébouriffés par le sommeil.

— Je les ai trouvés! lança-t-elle sans ambages.

— Qui?

— Nirvô et ses deux maîtres, ainsi que les rescapés de leur déroute dans les collines. Ils sont au pied du mont sacré Qexàn.

— Le mont Qexàn? C'est de l'autre côté de la rivière, ça… Il faudra la traverser si nous voulons les rejoindre.

— *Si nous y allons*, précisa Siya. Que faisons-nous?

— Tu sais bien que nous devons y aller, petite sœur. Nous sommes venus pour cela. C'est la mission que Qinlleh et le chevalier Xiral nous ont confiée.

— La mission, c'est techniquement *Hixell* qui l'a reçue, et tu remarqueras qu'il est retourné à Nieslev, lui. Nous ne sommes pas à la hauteur, Miya. Il faut savoir admettre la défaite. Laissons l'armée impériale se charger de Nirvô. Tu as fait tout ce qu'on pouvait exiger de toi.

— Hixell ne sait pas ce qui s'est passé après le naufrage.

— Que veux-tu dire?... Ton aventure sous-marine?

— Oui... et, surtout, ma victoire contre le Taah Nù Xep. D'accord, j'ai eu de l'aide, je n'essaie pas de revendiquer le trophée. Mais nos ennemis viennent de perdre une deuxième bestiole. Ils ne peuvent tout de même pas en posséder des dizaines.

— Ce Yoolvh représente déjà un troisième monstre, cautionna Siya.

— Qui?

— C'est le nom de leur chef. Celui aux yeux jaunes. Je l'ai appris la dernière fois que je suis allée les épier.

— Je vois ce qui t'inquiète, petite sœur. Pas de souci ! Je n'irai pas me battre contre Yoolvh. Je ne tiens pas particulièrement à mourir jeune, même si je m'acharne à prouver le contraire ces derniers temps.

Les deux enfants partagèrent un rire amusé. Miya enchaîna ensuite :

— Pour commencer, gagnons Sisheel plutôt que Nieslev. C'est beaucoup plus proche, maintenant que nous avons franchi tout le lac Qirin.

— Oui, tu as raison. Mais c'est une bonne journée de marche qui t'attend quand même.

Le garçon fit la moue.

— Je sais... Mais c'est mieux que trois jours pour revenir à Nieslev à pied.

— Que ferons-nous à Sisheel ? demanda la fillette.

— Nous essaierons d'en apprendre davantage, répondit Miya en haussant les épaules. Tu pourras avoir nos ennemis à l'œil, assurer la liaison avec Qinlleh et le chevalier impérial, et je serai en position s'ils ont besoin d'une intervention rapide.

— Là, tu exagères, admonesta Siya.

Elle eut un sourire.

— S'ils ont besoin d'un commando de choc, c'est *moi* qu'ils doivent choisir.

Miya s'esclaffa.

— Oui, je te vois bien à la tête d'un groupe d'intervention tactique. Ha, ha!...

Il ajouta ensuite :

— D'accord, pas de mission suicide. Je profiterai de mon séjour à Sisheel pour faire le tour du quartier marchand. Il paraît que ça vaut le détour. Qu'en dis-tu?

— Tu sais que je te suivrais jusqu'en enfer, dit affectueusement Siya.

Elle fronça les sourcils et ajouta :

— Oh, mais Qinlleh croira que tu es mort. Je ne lui ai pas encore rendu visite; je me suis contentée de localiser nos ennemis.

— Alors, vas-y. Tu peux le faire quand tu veux. De toute façon, tant que le capitaine Hixell ne sera pas rentré au rapport, ma « mort » ne sera pas annoncée.

— Je vais justement visiter le groupe de Hixell au passage. Je leur dirai que tu as survécu, et je ferai moi-même leur rapport à Nieslev, ça ira plus vite.

Miya sourit largement. Une petite civile de neuf ans assurant les communications de l'armée impériale ; il fallait avoir vu ça une fois dans sa vie.

— Un fantôme est plus efficace qu'un pigeon voyageur ! rigola-t-il.

— Je ne suis pas un fantôme, rétorqua Siya.

— Quand Nirvô sera convaincu, je le serai aussi, taquina Miya.

Il tendit un bras en direction de Nieslev.

— Vas-y. Pendant ce temps, je vais me mettre en marche.

— D'accord. Je viendrai te retrouver plus tard. En passant, Sisheel, c'est par là.

Sur ces derniers mots, Siyanlis désigna nonchalamment une direction vague et se volatilisa dans un nouvel ouragan de sable. Le jeune chevalier fut alors seul sur la plage.

— Taquine, va.

Miya tourna le dos au lac. Il mit sur sa gauche la rivière Qirin, prolongation de la Tarxë, et se mit à arpenter les contrées en direction de son but. En marchant sans répit, il espérait l'atteindre avant le soir. Il souhaitait secrètement que le quartier marchand si populaire soit encore en activité, lorsqu'il franchirait les portes de la ville.

— Une journée de marche, soliloqua-t-il. Cela me rappelle mon voyage à Inexell... Je n'avais pas toujours les moyens de m'offrir une diligence...

Perdu dans ses souvenirs, il ne remarqua pas, tout d'abord, la créature étrange qui l'observait paisiblement. Lorsqu'il la vit enfin, perchée sur une branche basse, il écarquilla les yeux.

— Par tous les ancêtres?...

La chose était à la fois horrible et ridicule. C'était un oiseau sans plumes, pourvu d'une seule aile, d'une seule patte et d'un seul œil. Un œil énorme, tout jaune, sans pupille. Sa queue frétillante était celle d'un rat d'égout, longue comme une lame de sa sinlé. Parachevant l'image incongrue, tout son corps rond était recouvert d'une fourrure blanche et soyeuse.

Sous les yeux incrédules du jeune Xinjis Râ, la chose prit son envol. Battant d'une seule aile, sans toutefois que son équilibre s'en trouve compromis, elle s'éloigna dans le ciel. Miya aurait aimé l'étudier davantage, mais elle disparut, réduite à la taille d'un point invisible dans l'azur, avant qu'il puisse le faire.

— Ça alors!… D'où sortait cette…?

La créature n'était plus là pour entendre la question. D'ailleurs, en l'absence de tout bec, elle aurait été bien en peine de formuler une réponse.

Miya secoua la tête.

— On en voit de toutes les sortes dans notre univers…

Il haussa finalement les épaules. Une longue marche l'attendait encore.

Mais peut-être aurait-il fallu qu'il se tienne sur ses gardes, à partir de ce moment-là.

Un être inexplicable volait tranquillement vers son maître.

Xxrlqh avait découvert un fait intéressant.

Contre toute attente, le petit Miyalrel avait survécu à sa noyade dans le lac.

# Chapitre 11

Nirvô de Niruxed enfonça violemment son poing dans l'écorce d'un arbre, faisant fi de la douleur provoquée par ce geste colérique. Il avait encore la face rougeâtre, depuis la gifle majestueuse de la Fureur d'Axxaromqah, une dizaine de jours auparavant.

— Comment peut-il être *encore vivant*!? cria-t-il à pleins poumons. Ce petit *xarlep*! Comment peut-il *toujours survivre*!? Je veux le *tuer*!

Ugyùs, sans se soucier outre mesure de la crise démentielle de Nirvô, exprima néanmoins une opinion semblable.

— Il devient dangereux. Il se rapproche de nous. S'il a surmonté tous les périls jusqu'à maintenant, il jouit peut-être de facultés inconnues. Il est temps qu'on l'élimine.

— Alors je m'en charge, affirma Nirvô avec force. Je le tuerai moi-même!

— Non, trancha soudain Yoolvh.

Il y eut un long silence au pied du mont sacré Qexàn.

— Nirvô de Niruxed. Ta mission consiste à nous livrer les secrets de la cérémonie des Âmes. L'enfant a prouvé qu'il pouvait se mesurer à toi, surtout si la colère te fait perdre ton sang-froid. Tu ne risqueras pas ta vie avant de nous avoir révélé la voie de Xinjis Rijàn.

Nirvô bouillait de rage.

— Alors, vous allez le laisser agir à sa guise ? *Vous allez le laisser vivre ?*

— Non, répondit simplement Yoolvh.

Il se tourna tranquillement vers son autre allié.

— Cette fois, c'est toi qui l'arrêteras. Contre toi, il n'aura aucune chance. Ainsi, nous pourrons clore cette lamentable histoire de façon définitive.

Ugyùs hocha silencieusement la tête. Tout serait très simple. Très rapide.

Le garçon du nom de Miyalrel vivait ses derniers jours en ce bas monde.

Pendant que se tenait ce sinistre conciliabule, celui qui aurait dû se sentir concerné déambulait en pleine campagne, toujours en direction de Sisheel. Il s'était engagé sur une piste champêtre, laquelle avait tôt fait de rejoindre un chemin plus important. À présent, il marchait au fond d'une combe délimitée par un groupe de collines basses. Quelques petites fermes et autres habitations isolées émaillaient les champs et les boisés. Les nuages de ce matin-là erraient toujours dans le ciel, sans toutefois recouvrir entièrement les deux soleils.

Miya soupira. Il n'avait aucune chance d'arriver à Sisheel avant la nuit, à moins d'être pris en croupe par un cavalier charitable. Or personne ne chevauchait sur cette route oubliée. C'était tout juste si un paysan, accompagné d'un chariot tiré par un bœuf, y passait quelquefois. Dans la mauvaise direction, évidemment.

Le jeune chevalier s'ennuyait. Par ailleurs, ses pieds commençaient à le faire souffrir. Le chemin était mal entretenu, et les cailloux y étaient nombreux.

Lorsqu'il décida qu'il avait besoin de repos, les soleils étaient déjà au zénith.

Miya remarqua un rocher moussu à l'orée d'un petit bois. Il s'y adossa, s'assit dans l'herbe fraîche, et soupira de soulagement. Toute visite au quartier marchand de Sisheel devrait attendre au lendemain de toute façon; le garçon n'avait donc rien à perdre s'il s'accordait une pause prolongée dans les champs.

Pendant quelques minutes, il contempla les nuages dans le ciel bleu. Puis, pour se distraire, il sortit de sa poche les pierres scintillantes qu'il avait ramassées au fond du lac. À la lumière du jour, on percevait à peine leur phosphorescence. En somme, ce n'étaient que de vulgaires morceaux de quartz. Miya décida quand même de les garder : si l'occasion se présentait à Sisheel, il les ferait examiner par un connaisseur. Peut-être pourrait-il en retirer quelques couronnes impériales additionnelles.

Alors qu'il examinait les petits joyaux, le garçon se renfrogna. L'un d'eux était anormal. Plus gros que les autres, il avait une couleur verte, tirant sur le jaune, et lançait, à intervalles irréguliers, des éclats lumineux inexplicables.

— Mais je n'ai jamais ramassé ça, moi...

L'adolescent étudia la gemme de plus près. C'était une pierre brute, inégale. Pas un bijou de bonne facture. Limpide et scintillante, elle paraissait habitée par une sorte de vie espiègle. Un phénomène inconnu la faisait émettre de petits chatoiements toutes les deux ou trois secondes. Miya se surprit à observer le joyau en silence pendant plusieurs minutes, comme hypnotisé.

Il était maintenant convaincu de n'avoir jamais récolté cette pierre lui-même. Il aurait remarqué ses caractéristiques particulières, surtout au fond du lac, où il faisait sombre. Bien entendu, cela amenait une question plutôt intéressante. Que faisait cette gemme au fond de sa poche, s'il ne l'y avait pas mise lui-même ?

Décidément, le lac Qirin tenait à le mystifier jusqu'au bout !

Puisqu'il ne pouvait résoudre l'énigme tout seul, Miya remit simplement la pierre vert-jaune dans sa poche, en même temps que les autres petits joyaux. Il se remit ensuite à contempler les nuages, dont un, qui avait pris la forme de la mitre portée par Qinlleh lors des grandes célébrations religieuses.

Tout à coup, le vent se leva et une silhouette humaine apparut.

— Où étais-tu passée ? demanda le garçon.

— Nieslev. En train de mettre au point de nouvelles stratégies avec Xiral et les autres.

Miya hocha distraitement la tête. Il s'en doutait un peu. La destruction du *Xarobas* devait avoir fait des vagues, sans jeu de mots, du côté de la Légion impériale. Dans de telles conditions, il n'était pas surprenant que Siya ait été retenue à Nieslev pendant toute la matinée.

Tout à coup, l'adolescent fronça les sourcils.

— Attends un peu. « *En train de mettre au point de nouvelles stratégies* » ? Tu veux dire qu'ils te laissent participer à leurs conseils de guerre ?

— Oui, puisqu'ils ont besoin de moi. Ils doivent régulièrement déterminer ce que je peux ou ne peux pas faire, et je ne peux pas les renseigner si je ne suis pas au courant de leurs projets.

Miyalrel se mit à rire.

— Tu fais donc partie du « cercle intime » de cette histoire.

— Le quoi ?

— Une expression de l'Ordre des chevaliers pour désigner les commandants, les dirigeants d'une opération militaire. Ceux qui prennent les décisions, quoi. C'est sûrement la première fois qu'une petite fille de ton âge en fait partie.

L'enfant eut un sourire espiègle.

— Tu n'es pas le premier qui me le dit. Les plus inflexibles là-bas ne me voient pas d'un bon œil. Mais Xiral m'apprécie, et ça leur cloue le bec. Au fait, je leur ai dit que tu avais survécu. Tu seras heureux d'apprendre qu'ils te tiennent en haute estime. C'était tout comme si je venais de crever un abcès de tension. Ils avaient des sourires fendus jusque-là.

Ce disant, elle fit glisser ses doigts de ses lèvres à ses oreilles.

— Je suis flatté.

La voix du jeune garçon était moqueuse, mais il le pensait réellement. Il était fier d'apprendre que le chevalier impérial tenait à sa vie.

— Je leur ai dit que tu allais gagner Sisheel, continua Siya.

— C'est la ville la plus proche, dit Miya pour se justifier. S'ils veulent que je retourne à Nieslev, je pourrai emprunter une diligence et faire le trajet beaucoup plus vite qu'à pied. J'ai justement une belle bourse pour les frais du voyage.

La petite fille hocha la tête.

— Ils ont compris tout cela. En fait, ils veulent plutôt que tu restes à Sisheel. Des hommes à cheval partiront de Nieslev et viendront te rejoindre dans deux jours.

— Je vois… Ils ne cherchent plus à se déguiser en marchands.

— Après ce qui est arrivé au *Xarobas*, je crois qu'ils ont compris que la discrétion était une perte de temps, en plus d'amener un faux sentiment de sécurité. Cette fois, c'est une soixantaine de soldats armés jusqu'aux dents qui voyageront par voie de terre. Nos ennemis auront fort à faire pour leur opposer une créature qu'ils soient incapables de vaincre.

— Et moi, dans tout ça?

— Toi, tu restes à Sisheel et tu attends leur arrivée.

L'expression de Miya se fit narquoise.

— Tu sais ce qui serait drôle, Siya?

— Non…

— Qu'ils aient complètement oublié mon titre de chevalier de 5e rang.

— Pourquoi est-ce que cela serait drôle?

Le garçon se mit à rire.

— Parce que si le chef de cette compagnie n'a pas un grade assez élevé, c'est de *moi* que ses soixante hommes devront officiellement recevoir leurs ordres !

— Je peux t'assurer que Xiral y a pensé, dit Siya.

À son tour, elle eut un sourire narquois.

— Il envoie Rinyadel.

— Zut, dit Miya avec fatalisme. Enfin, un chevalier peut rêver !…

❀

Les deux soleils déclinaient dans le ciel depuis plusieurs heures. Le premier frôlait l'horizon ; sa lumière était devenue rouge. Le second, qui était passé à l'orangé, allait bientôt le suivre. Dans la lumière du jour mourant, deux jeunes Xinjis Râ se tenaient debout sur une colline ronde. Ils contemplaient la ville qui occupait la vallée sous leurs pieds.

Sisheel était légèrement plus petite que Nieslev. Par ailleurs, elle n'abritait aucun temple ou bâtiment prestigieux. En contrepartie, son quartier marchand était réputé dans au moins dix des Cent Royaumes. Certains disaient que la proximité du mont sacré Qexàn — visible de l'autre côté de la rivière Qirin — plaçait Sisheel sous une bonne étoile, et qu'en conséquence, la ville serait toujours riche et prospère. Miya n'était pas certain de croire à ces superstitions, mais cela ne changeait rien au fait que Sisheel jouissait effectivement d'une opulence inégalée dans le royaume de Tenshâ — quelle qu'en soit la raison véritable.

Siya se tenait debout près de lui. Au cours des dernières heures, elle avait disparu plusieurs fois, afin de rendre visite à Nieslev, au campement de l'armée impériale, et au groupe de Nirvô. Rien à redire : la fillette remplissait sa mission à merveille.

Miya observa les cheveux bleus de sa petite sœur, qui voletaient dans la brise du soir.

— Je me demande si Nirvô sait que tu l'espionnes?

— Pas de danger, le rassura Siyanlis. Je n'apparais jamais à ses yeux. Il ne peut pas me voir, il ne peut pas m'entendre, et je ne le laisse pas ressentir mon vent. À moins qu'il soit magicien, il ne se doutera de rien.

— Et les autres?

— Tu veux dire les mercenaires, ou Yoolvh et Ugyùs?

— Ces deux-là.

— Je ne sais pas vraiment quoi penser d'eux. Ugyùs est manifestement un homme de main, au même titre que Nirvô, mais je n'arrive pas à saisir ses motivations. Il est taciturne, il se tient à l'écart des autres…, bref, il agit comme s'il n'avait rien à voir là.

— C'est lui qui a des cercles runiques sur le crâne?

— Tu devrais le savoir, tu l'as vu dans le temple des Ancêtres à Nieslev.

— J'avais autre chose en tête à ce moment-là. Tu venais de mourir sous mes yeux, souviens-toi.

— Veux-tu arrêter de dire que je suis morte ? ronchonna la fillette en levant des yeux courroucés vers son ami.

— Désolé, Siya, dit le garçon en riant. Disons que tu venais de *disparaître* sous mes yeux. Et puisque j'étais occupé par Nirvô, je n'ai presque rien vu de cet Ugyùs.

— Je comprends. Enfin, c'est bien lui. L'homme qui fait disparaître les armées. Je ne sais rien de plus.

— Et Yoolvh ?

— Celui-là me donne froid dans le dos. C'est un monstre, et je ne parle pas seulement de son aspect physique. Juste à le regarder, on sent qu'il a l'âme corrompue jusqu'au cœur. Mais je suis persuadée qu'il ne devine pas ma présence. Je me suis déjà tenue droite devant lui, et il n'a pas cligné de l'œil. S'il m'avait vue, il aurait réagi un tout petit peu, il me semble.

— Ou alors, il a une parfaite maîtrise de lui-même.

— Si c'était le cas, il ne donnerait pas l'air d'être perpétuellement fâché.

Miya réfléchit un bref instant.

— Ce Yoolvh, c'est lui qui a la peau de cadavre et les yeux entièrement jaunes ?

— Oui.

— Et… peut-il se transformer ? Prendre un autre aspect ?

— Je n'en ai aucune idée… Pourquoi ?

L'adolescent parla de la rencontre bizarre qu'il avait faite après son départ : la créature qui n'avait qu'une aile, une patte et un œil. Un œil entièrement jaune, dépourvu de pupille.

La petite fille le dévisagea d'un drôle d'air.

— Tu n'aurais pas bu une dose de *schlès* par hasard ?

— Non…, et qu'est-ce que c'est ?

— Le *schlès* ? C'est une drogue pour les guerriers, ça aiguise les réflexes.

— Maintenant que tu me le dis, j'en ai déjà entendu parler… C'est interdit dans l'Ordre des chevaliers.

— Avec raison, puisque ça fait parfois *halluciner*…

— Cette créature-là n'était pas un mirage. Ni un rêve. Je l'avais sous les yeux et j'étais parfaitement éveillé.

— Une illusion, alors?

— Il aurait fallu qu'un illusionniste traîne dans les parages, non?

Siya se mit à réfléchir à son tour.

— En tout cas, ce n'est pas Yoolvh. Je veux bien croire qu'un monstre comme lui puisse se transformer, mais pas en petit oiseau, amputé d'une aile ou non. Où irait le reste de la masse de son corps? Par contre, c'est peut-être une bestiole à laquelle Yoolvh commande.

— *Q'fu*, jura Miya d'une voix blanche.

— Qu'y a-t-il?

— Si Yoolvh… voit, ou communique, à travers cette chose-là, il sait que je suis encore vivant et que je me dirige vers Sisheel. Nous allons encore avoir nos ennemis sur le dos!

— Ils n'oseront jamais s'en prendre à toi en pleine ville, rassura Siyanlis.

— Je l'espère…, mais je ne suis pas convaincu!

Tout en parlant, les deux enfants se dirigeaient vers la ville riveraine. Sisheel n'avait pas de remparts ni de fortifications ; c'était inhabituel dans les royaumes aux frontières de l'Empire.

— Passeras-tu par le quartier marchand, Miya ?

— Bien sûr. Je suis presque venu exprès pour ça.

— Alors, peux-tu m'acheter quelque chose ?

En posant cette question excitée, la fillette semblait avoir volontairement perdu tout prétexte de maturité.

— Je veux bien, répondit le garçon en riant, mais où vas-tu le mettre ?

Siya demeura interdite, prise au piège. Une moue de déception envahit son visage. De toute évidence, elle n'était pas encore *entièrement* habituée à sa nouvelle vie.

— Que voulais-tu avoir ? demanda Miya par curiosité.

— Mmh… Je voulais une bague en turquoise comme celle d'Inylia. Elle disait qu'elle se l'était procurée à Sisheel.

— S'ils font des bagues intangibles, je promets de t'en acheter une. Mais je ne garantis pas que le marchand pourra te la mettre au doigt.

Sur ce, ils entrèrent dans la ville ; Miya, en riant, Siya, la mine basse.

La nuit allait bientôt tomber. Il n'était plus question de visiter le quartier commercial à cette heure : toutes les boutiques auraient fermé leurs portes. Par ailleurs, après sa longue journée de marche, le jeune chevalier était fourbu. Il se mit donc en quête d'une bonne auberge.

Ce fut Siya qui attira son attention sur l'enseigne d'un établissement.

— Le *Poisson jaune*, lut l'adolescent avec perplexité. Drôle de nom pour une auberge.

— C'en est pourtant une, dit la jeune fille.

Elle avait raison, et Miya était trop fatigué pour chercher ailleurs. De toute évidence, le Poisson jaune était ouvert : des voix lui parvenaient, issues de la taverne au rez-de-chaussée. Il entra donc dans le haut bâtiment et repéra le comptoir d'accueil. Un petit homme sec au nez cassé s'y affairait, tandis qu'ailleurs dans la pièce, une demi-douzaine de clients étaient attablés devant des assiettes garnies ou des chopes de bière. Des bribes de conversation, incohérentes, parvenaient aux oreilles des deux enfants. Personne ne leur prêtait vraiment attention.

C'était, somme toute, une taverne tout à fait normale.

Miya s'approcha du comptoir. Amusé, il vit que quelqu'un y avait posé un bocal de verre en guise d'aquarium. Un petit poisson y nageait. Il n'était même pas jaune.

L'homme au nez cassé leva les yeux. Il dut se demander ce que deux enfants faisaient là sans leurs parents, car son regard perplexe fit le tour de la pièce. Lorsqu'il se posa à nouveau sur Miyalrel et Siyanlis, il daigna enfin leur adresser la parole.

— Et que puis-je faire pour vos seigneuries?

Le sarcasme coulait de ses lèvres.

— Juste une chambre pour la nuit, répondit Miya. Et un bon repas. J'ai de quoi payer.

Ce disant, il secoua sa bourse afin que le tintement des émeraudes souligne ses paroles. Le tenancier plissa les lèvres.

— Bien sûr que t'as de quoi payer. Sinon, je te mettrais simplement dehors. Mais à ta place, je ne ferais pas tinter mon sac à couronnes au Poisson jaune. Tu n'es pas dans le quartier riverain, ici. Tous les yeux qui t'observent ne sont pas innocents.

Le garçon grimaça. Un établissement mal famé. Il avait bien besoin de cela.

— Avez-vous une chambre, oui ou non?

— T'énerve pas, p'tit gars… Dès que t'as de quoi payer, il y aura une chambre pour toi.

Il baissa les yeux pour dévisager Siyanlis.

— La même chambre pour les deux?

— Oui.

Il tendit une clé à Miya en échange de trois émeraudes : le prix de la nuit et du repas. Les deux jeunes Xinjis Râ montèrent à l'étage, où était située leur chambre, et s'y installèrent dans un confort tout relatif. Le garçon jeta sa sinlé sur le lit. Elle commençait à peser le poids du monde au bout de ses bras. Dépourvus de lanières de cuir sur le dos, ses habits civils ne lui permettaient pas de passer son arme en bandoulière.

— Fallait-il que je tombe sur la seule auberge miteuse de la ville ? maugréa l'adolescent.

— Il y a tout de même un avantage à cela.

— Lequel ?...

La petite fille désigna la sinlé d'un geste nonchalant.

— Dans une auberge de bonne réputation, ils ne t'auraient pas laissé monter une arme dans ta chambre. Ils auraient voulu savoir où sont nos parents. Nous aurions eu des explications agaçantes à fournir. Ici, tant que nous payons, c'est ni vu ni connu.

Miya fouilla dans ses cheveux et tendit une longue mèche blonde devant ses yeux.

— Ouais… Comme si je pouvais passer inaperçu…

Siya rigola.

— En tout cas, tu peux dormir sur tes deux oreilles. Je veillerai sur toi. Personne ne viendra vider ta bourse dans ton sommeil.

— Je te fais confiance. Mais avant tout, je vais dévorer le repas que le tenancier va nous faire monter. Il en préparera sûrement assez pour deux — et puisque je n'ai mangé que des baies aujourd'hui, j'ai justement une faim de loup !

# Chapitre 12

Après s'être copieusement rassasié, Miya s'était écrasé sur le lit — non sans avoir déposé sa sinlé par terre — et s'était abandonné à un sommeil de plomb. La fatigue accumulée au cours de la journée précédente l'avait proprement terrassé. Lorsqu'il ouvrit les yeux, la lumière des soleils entrait déjà à flots par la fenêtre de sa chambre. Siya était éveillée — avait-elle dormi un seul instant? — et regardait les passants déambuler dans la rue en contrebas.

— Siya…?

— Tiens, tu es enfin réveillé!

— C'est déjà l'aube? marmonna Miya d'une voix pâteuse.

— L'aube? Il est presque midi.

Le garçon tressauta. Pendant un instant, il fut visité par un mélange de pensées confuses — l'armée impériale, les forces ennemies, le *Xarobas*, le quartier marchand de Sisheel — et voulut hâtivement émerger du lit. Puis, il se calma et réalisa qu'il n'avait aucune raison de se presser. Les troupes parties de Nieslev n'arriveraient pas avant le lendemain. Nirvô et ses compères ne faisaient planer aucune menace immédiate sur les gens du Royaume. Ni Xiral, ni Rinyadel n'étaient là pour constater son manque de discipline militaire. Miya était tout à fait libre de faire la grasse matinée. C'était d'ailleurs la raison pour laquelle Siya ne l'avait pas réveillé lorsqu'elle avait vu les soleils se lever.

Plus calmement, le garçon sortit du lit et enfila ses vêtements. Il rassembla son équipement, vérifia que sa bourse était toujours pleine, et quitta la chambre. Par taquinerie, il referma la porte avant que Siya soit sortie.

La petite fille apparut à ses côtés dans le couloir, sans dire un mot. Miya sourit en coin. Ensemble, les deux enfants redescendirent au rez-de-chaussée et remirent la clé à l'aubergiste. Si le jeune chevalier devait passer une autre nuit à Sisheel, il trouverait probablement un autre gîte, quitte à devoir décliner sa véritable identité.

— Tu vois ? dit Siya. Tu n'avais aucun souci à te faire. Il n'y a que dans les mauvais récits de troubadours que les héros sont attaqués dans leur chambre d'auberge par des détrousseurs.

— Je veux bien te croire, petite sœur, mais je préfère dormir derrière une porte verrouillée. Et trouver une meilleure auberge pour la nuit prochaine.

La fillette émit un rire clair.

À présent, les deux jeunes Xinjis Râ erraient dans les rues de Sisheel sous les soleils de midi. La célèbre prospérité de la ville était apparente. Presque toutes les habitations transpiraient le luxe. Manoirs et villas abondaient, séparés par des parcs verdoyants et des places publiques où jaillissaient des fontaines scintillantes. La mairie, devant laquelle ils passèrent par hasard, était un véritable palais privé.

— D'où tirent-ils leurs richesses ? demanda finalement Miya.

— Je ne pense pas qu'ils les tirent spécifiquement d'une ressource donnée.

C'est l'une de ces drôles de choses : la ville attire les gens fortunés, car elle a la réputation de les attirer. Les riches y installent leurs pénates, car c'est une ville où les riches installent leurs pénates. Tu vois?

— Pas vraiment.

— Moi non plus, admit la fillette en riant. Enfin, c'est comme ça. Je suppose que la proximité du mont sacré Qexàn y est aussi pour quelque chose. C'est un lieu saint dans certaines religions qui datent de la Deuxième Ère.

— Bon! Tout cela, c'est beau, mais ce n'est pas au mont sacré Qexàn que je souhaite me rendre. Visitons ce fameux quartier marchand!

Siya n'émit aucune objection. Elle avait hâte, elle aussi, de découvrir ce quartier qui faisait la réputation de Sisheel dans le royaume de Tenshâ…, et au-delà.

Trouver les lieux ne fut pas difficile. La foule des badauds ne faisait que s'épaissir à l'approche de la place du marché. À la base, la population de la ville était aussi importante que celle de

Nieslev, mais ici, il fallait aussi compter les visiteurs et les touristes, venus profiter, comme les deux amis, du choix remarquable de boutiques spécialisées.

Fendant la foule, les jeunes Xinjis Râ se frayèrent un chemin jusqu'au centre de la place. Siya n'aurait normalement éprouvé aucune difficulté à passer, mais elle ne désirait pas déclencher une panique générale en se comportant comme un spectre ambulant. Par conséquent, elle se gardait bien de traverser le corps de quelqu'un.

Personne ne faisait réellement attention à eux. Après tout, il y avait d'autres enfants qu'eux dans le quartier. Toutefois, Miya remarquait parfois les regards étonnés d'un passant curieux. Deux petits Xinjis Râ, cela n'avait rien de bien extraordinaire. Il y avait des milliers de Xinjis Râ dans l'empire des Cent Royaumes. Mais lorsque l'un d'eux avait des rayures blondes dans les cheveux, cela ne pouvait qu'attirer les regards. Surtout s'il se promenait, en plus, avec une sinlé de cristal bleu qui devait valoir une petite fortune.

Heureusement, le garçon était habitué depuis longtemps à ces réactions de surprise. Il savait qu'il était le seul enfant de sa descendance particulière dans tout l'Empire.

Ayant surpris une femme en train de le dévisager, Miya se tourna vers son amie.

— Tu sais, Siya... Il doit bien en exister d'autres, des enfants comme moi.

La fillette leva les yeux.

— Peut-être pas, Miya. Avant ton arrivée, c'était un fait établi que les femmes des autres races humaines ne pouvaient pas avoir d'enfants xinjis râ. Si cela s'était déjà produit, ta naissance aurait été un événement *rare*, mais non une *impossibilité* comme on se tue à le dire.

L'adolescent haussa les épaules.

— Des petites filles qui passent à travers les murs, c'est impossible aussi. À partir de maintenant, nous pourrions être « les enfants de l'impossible ».

Tout en plaisantant ainsi, ils parcouraient le quartier marchand des yeux.

Siya s'immobilisa devant un énorme écriteau qui proclamait en grosses lettres :

## QUARTIER MARCHAND DE SISHEEL

*Seules les couronnes impériales et les pierres précieuses sont acceptées.*
*Tout objet de valeur peut être troqué contre espèces au comptoir d'échange.*

Une flèche clarifiait le tout, en désignant le comptoir en question.

— Pas besoin de visiter leur boutique de troc, dit Miya. Je dois avoir cent couronnes en émeraude et rubis dans ma bourse.

Siyanlis examinait la vaste place publique dans tous ses recoins.

— Nous en avons pour des heures si nous voulons explorer tout ça ! dit-elle, ravie.

— Oui... La question est de savoir par où commencer.

— C'est toi qui choisis... J'aimerais bien m'acheter une belle robe ou une

bague, mais je ne pourrai rien en faire...
Alors, c'est à toi de décider.

Le garçon avait perçu le regret dans la voix de son amie. Il posa une main réconfortante sur son épaule, même s'il savait que le contact physique était impossible.

— Ne sois pas triste, Siya. Il y a peut-être un moyen de renverser ce qui t'est arrivé. Tu pourras sans doute redevenir réelle — tout en gardant ta nouvelle vitalité.

— J'aimerais bien cela, dit rêveusement la fillette. Mais je perdrais alors mes nouveaux pouvoirs... Si j'avais l'occasion de redevenir «normale», je ne sais pas encore ce que je choisirais. Il y a peut-être des avantages à mon état actuel, que je ne connais pas encore.

Miya rit.

— Ça, c'est ma petite sœur. Le jour n'est pas encore venu où tu resteras maussade pour plus d'une minute.

Il ajouta ensuite :

— Voyons ce que ce quartier marchand peut nous offrir.

Ils avaient, en vérité, l'embarras du choix. Tailleurs et cordonniers. Sages et herboristes. Armuriers et archers. Quincaillerie. Livres et talismans religieux. Bijoutiers et orfèvres. Antiquaires. Bouchers et poissonniers. Magasin général. Meubles. Fruits et légumes.

Même les arnaques ne manquaient pas. Devins et voyantes. Prétendus spécialistes en sorcellerie. Babioles « rares » et « uniques » qui ne valaient pas un clou.

— Oh là là ! J'aurai vidé ma bourse avant d'avoir visité le tiers de ces boutiques.

— Reste raisonnable, Miya. Garde à l'esprit que tu es encore en mission pour l'Empereur. Si tu achètes quelque chose, assure-toi que cela te sera utile.

Le garçon hocha la tête. Son amie avait raison, comme toujours.

— Bon. Planifions stratégiquement. D'abord, le magasin général et un bon sac à dos, pour mettre le reste ensuite.

— C'est un bon début, dit narquoisement Siya.

— Ensuite, chez un marchand d'armes. J'aimerais voir si je peux mettre quelques atouts dans mon jeu, au cas où nos ennemis nous donneraient encore du fil à retordre.

Siya ne dit rien, se contentant d'approuver silencieusement.

— Après cela…, l'herboriste pour les onguents curatifs. J'aimerais bien pouvoir me payer un flacon d'extrait de soleil, comme celui que Xis m'avait donné. C'est miraculeux pour la guérison des blessures. Et cela fait beaucoup moins mal que le traitement aux zivonilles.

— Mauviette, glissa la petite fille.

— Tu peux parler, toi… Intangible comme tu es, tu n'as rien à craindre.

Miya observa les autres commerces de Sisheel.

— Il ne faudrait pas non plus oublier les vivres. Les repas dans les auberges sont chers. Et lorsque nous aurons fait le tour des essentiels, j'irai là… et là.

Il désigna d'abord la vitrine d'un joaillier, la bijouterie Lumières d'or ;

ensuite, l'enseigne d'un magasin d'antiquités nommé Trésors des ères.

— Pourquoi? demanda Siya, sincèrement surprise.

— Parce que c'est l'occasion rêvée
d'en apprendre davantage sur quelques
joyaux intéressants que j'ai trouvés au
fond du lac Qirin, et sur ce bracelet d'or
que je trimbale au bras depuis dix jours.
Celui avec les runes, qui parlent du
« symbole de notre droit ».

— C'est vrai, j'avais oublié que tu
avais ça. Cela m'intéresse aussi. Nous y
irons ensemble.

Miya hocha la tête.

— Parfait. Nous avons notre plan
d'attaque. Partons à la conquête du
quartier marchand !

— Taïaut ! s'exclama la petite fille en
riant.

Ils avaient commencé par le magasin
général, tel qu'ils l'avaient prévu.
L'enseigne portait le nom facétieux de

Kyri-qui-vend-de-tout. À l'intérieur, une poignée de clients examinaient déjà la marchandise hétéroclite. Miya et Siya se mêlèrent à eux et se mirent à farfouiller dans les boîtes, les caisses et les étagères. Une telle boutique était un bon endroit pour faire des trouvailles inattendues. D'ailleurs, les deux enfants ne tardèrent pas à constater que Kyri ne faisait pas de fausse publicité. Il vendait vraiment de tout.

Malheureusement, cela ne voulait pas dire que tout était utile.

— Ce sont surtout des articles ménagers, dit Siya. Kyri vend de tout pour la maison.

Une voix douce dans leur dos les fit sursauter.

— Ah, mais Kyri vend aussi de tout pour les âmes nomades.

Lorsque le cœur de Miya cessa de battre la chamade, il retrouva la parole.

— Monsieur Kyri, je présume ?

— En personne, répondit-il de sa voix mielleuse.

L'homme était littéralement sorti de nulle part. Fluet et effacé, il donnait l'impression de ne pas être là du tout. Miya pressentait qu'il disparaîtrait s'il osait cligner des yeux.

— Je cherche un sac à dos…, pour commencer.

Kyri attira l'attention de ses deux jeunes clients sur les articles pour voyageurs. Un sac était justement exposé en évidence. D'autres objets s'entassaient sur les planches d'une étagère, dont chacun pouvait se révéler utile : cordages, boussoles, lanternes, gourdes, couteaux, tentes individuelles, pieux d'escalade, briquets à amadou, chapeaux et écharpes, escarcelles, fioles vides, baumes contre les moustiques…, la liste n'en finissait plus.

— Qu'allons-nous prendre dans tout cela ? murmura Miya.

Il tentait d'évaluer ses besoins véritables, mais il était difficile de prévoir où ses aventures le mèneraient dans les jours à venir. N'importe quel article avait une utilité, au fond. Il suffisait que les bonnes — ou les mauvaises — circonstances se présentent. D'un autre côté, le garçon ne pouvait pas tout acheter. Non seulement les lanières de son sac lui arracheraient-elles les épaules, mais il dépenserait aisément la moitié de sa bourse. Rien n'était très cher chez Kyri, mais les émeraudes s'additionnaient vite lorsqu'on faisait beaucoup d'emplettes.

— Prends le sac, dit Siya. Je n'en vois qu'un, et il serait malheureux qu'un autre client nous le chipe sous le nez.

Miya obtempéra. Kyri était parti faire sursauter quelqu'un d'autre, mais il reviendrait sûrement, comme par magie, lorsque les enfants seraient prêts à payer.

Siyanlis désigna le reste de la marchandise.

— N'achète rien que les troupes en provenance de Nieslev possèderont.

— Facile à dire, mais ils risquent d'avoir un peu de tout…

La petite se gratta distraitement le menton.

— Alors, je suggère que tu achètes quelques petits objets pratiques qu'il vaut toujours mieux avoir sur soi. Une boussole, un briquet, un couteau… Peut-être une corde…

Après quelques minutes passées à peser le pour et le contre de différents articles, Miya décida de suivre les conseils de sa petite sœur, en achetant uniquement les petits objets suggérés. Ils n'occuperaient pas trop de place, n'allégeraient pas trop sa bourse, et pourraient toujours se révéler utiles si Miya, en compagnie des hommes venus de Nieslev, devait s'aventurer en pleine forêt pour traquer les forbans de la bande à Yoolvh.

Tel qu'ils l'avaient prévu, Kyri réapparut pour récolter leurs émeraudes. Les deux enfants échangèrent un sourire et un regard entendu. Lorsqu'ils sortirent de la boutique, Miya portait un sac à dos flambant neuf, au fond duquel il avait rangé le reste de ses acquisitions. Dorénavant, il était prêt à tous les pépins.

— Première conquête effectuée, déclara Siyanlis.

— Prochaine cible : Aénès l'armurier, affirma Miyalrel en désignant une échoppe en face de lui. Voyons quelles armes mortelles nous pouvons dénicher !

Pendant ce temps, à Nieslev, Xiral et les différents commandants de la Légion impériale poursuivaient leurs efforts pour comprendre les projets des forces ennemies. Ils n'avaient pas appris grand-chose des prisonniers, somme toute : la plupart n'étaient rien de plus que des bandits et des mercenaires que Nirvô et Yoolvh avaient recrutés en leur promettant une fortune faramineuse. Pourtant, rien dans le comportement des ennemis ne laissait soupçonner qu'ils fussent sur la piste de quelque trésor légendaire.

— Ils ont promis la richesse à tous ces forbans, conclut Xiral, mais ce qu'ils recherchent n'a rien à voir avec une montagne d'or.

Le major Tel Sovim, assis en face du chevalier impérial, se renfrogna.

— Je vous laisse le soin de déterminer leur vrai but ; pour ma part, je me sens surtout concerné par les ressources que nous dilapidons sur ces hommes. La moitié de ma garnison se relaie jour et nuit pour les surveiller tous. Plusieurs ont déjà tenté de s'échapper et l'un de mes soldats a été gravement blessé. Qu'attendez-vous, pour juger et châtier tous ces cancrelats ? Vous savez qu'après leurs crimes, ils finiront tous à la potence. Dépêchez-vous d'en arriver là, afin que mes hommes puissent consacrer leur énergie à rebâtir la ville.

— Chaque chose en son temps, major... Pour le moment, nous avons encore besoin des informations qu'ils peuvent nous fournir. J'admets cependant que leur loquacité n'est pas à la hauteur de mes attentes. Voici ce que vous allez faire : commencez à bâtir un échafaud, et faites-le de manière que les prisonniers voient les préparatifs. S'il y en a qui savent quelque chose, ils délieront peut-être leur langue en échange de la promesse d'une amnistie...

Tel Sovim parut satisfait d'entendre ces consignes.

— Je vais donner les ordres immédiatement, dit-il. Et si notre échafaud peut ensuite servir aux vraies pendaisons, je n'en serai que plus heureux.

Le chef de la garnison de Nieslev quitta le Cube. Xiral poussa un soupir et leva les yeux vers la bâche qui servait toujours de toiture.

— Tu perds la main, mon grand Xiral, se reprocha-t-il. Ça tourne au fiasco, et je ne suis pas content... Un navire coulé, trois hommes dangereux en cavale, et aucun indice concernant leurs projets véritables...

Un rire d'autodérision quitta la poitrine du colosse.

— Et tes meilleurs agents sur le terrain sont un garçon de treize ans et une petite fille qui n'existe pas tout à fait !

Il n'y avait personne dans le bâtiment pour entendre le chevalier impérial. Cela ne voulait pas dire, cependant, que ses paroles tombaient dans l'oreille d'un sourd. Une petite créature, en fait, n'en perdait pas un mot. Elle n'avait qu'un œil, une patte et une aile, et depuis plusieurs jours, elle venait régulièrement se poser sur la toile au-dessus du Cube, enregistrant fidèlement les stratégies les plus confidentielles du «cercle intime» de l'opération.

Lorsque Xiral sortit à son tour de l'édifice, Xxrlqh prit son envol et disparut promptement dans le ciel bleu. Personne ne le remarqua.

UGYÙS DE LA
HAUTE CINQUIÈME

Allié énigmatique de
Yoolvh. Il a le pouvoir de
franchir les dimensions
spatiales et d'altérer la
perception humaine de
l'espace.

# Chapitre 13

Il était vrai que Miyalrel possédait déjà la meilleure arme qui soit — sa sinlé aux lames de cristal bleu —, mais rien ne garantissait qu'il l'ait toujours à portée de main. Par ailleurs, Aénès vendait peut-être autre chose que des armes blanches. Des kyansés, par exemple. Par conséquent, même si Miya était déjà bien armé, cette boutique valait le détour.

— Tu sais qu'une kyansé sera chère, dit Siya. Si tu en achètes une, tu n'auras plus assez d'émeraudes pour acheter ton extrait de soleil chez l'herboriste.

Le garçon émit un soupir.

— Je sais... Moi qui croyais avoir fait fortune en gagnant au vingt-soixante... Finalement, une bourse pleine, ça ne mène pas loin.

— Ça dépend de quoi elle est pleine. Tu devrais peut-être commencer par vendre les bijoux que tu as trouvés dans le lac Qirin.

— Ce ne sont pas des bijoux, mais des pierres inconnues. Je ne sais pas combien elles valent. Je verrai combien il me reste d'émeraudes après l'armurier.

Suivi de Siyanlis, il entra dans l'échoppe d'Aénès et jeta immédiatement un regard intéressé sur la marchandise. Malgré lui, il cherchait des yeux un râtelier de sinlés. Un homme derrière le comptoir — Aénès lui-même? — aperçut les enfants et s'indigna.

— Voulez-vous bien sortir d'ici? Nous vendons des armes, pas des jouets!

Miya fit tournoyer sa sinlé bleue d'une main.

— Et ça? C'est un jouet?

Voyant l'arme magnifique, l'armurier comprit qu'il avait affaire à un connaisseur. Toutefois, il demeurait troublé par le fait que son client n'avait guère plus de quatorze ans. Soupçonneux, il s'approcha de Miyalrel.

— Dis-moi d'abord que tu n'as pas volé cette arme.

— Elle est réellement à moi. Je l'ai reçue à Nieslev.

— Reçue à… Attends un peu! Montre-la-moi!

Frappé par la surprise, l'armurier faillit se jeter sur Miya pour lui ôter l'arme des mains. Le jeune garçon, perplexe, laissa l'homme examiner sa sinlé de près. Aénès se mit alors à rire.

— Ça alors! C'est vraiment elle!

— Que voulez-vous dire?

— C'est moi qui ai fabriqué cette sinlé voilà trente jours à peine! Maintenant, si tu me dis qui te l'a offerte à Nieslev, je saurai que tu ne l'as pas volée.

— Le grand prêtre Qinlleh du temple des Ancêtres, affirma posément Miya.

Aénès eut un grand sourire.

— C'est exact. C'est donc à toi qu'il la destinait. Il m'avait simplement dit qu'elle appartiendrait à un petit sinléya de génie et qu'elle devait être parfaite. Mon prix serait le sien. Je n'ai jamais fait une si belle affaire. Ni une si belle arme, d'ailleurs.

Miya, dont les joues avaient rougi, crut bon de féliciter l'armurier.

— C'est vraiment une excellente sinlé.

— Bien sûr. Je ne fabrique pas de pacotille. Qu'est-ce qui vous intéresse aujourd'hui, les enfants ? Une épée ? Un arc de chasse ? Un fléau d'armes ?

Siyanlis leva les mains en souriant.

— Pas moi, seulement lui. Moi, les armes, vous savez… !

L'armurier sourit également. Il fallait avouer que l'idée était cocasse. Une fillette toute mignonne comme Siya, qui paraissait n'avoir que six ans, venue acheter un glaive ou une masse d'armes ? Il y avait de quoi rigoler.

Aénès se tourna donc vers Miya. À ce moment, il fronça légèrement les sourcils.

— Tiens… Qu'est-il arrivé à tes cheveux ?

— Je suis né comme ça.

Sans s'attarder sur le sujet — il devait bien soupçonner que tout le monde lui posait la question —, l'armurier désigna les râteliers qui supportaient sa marchandise.

— Qu'est-ce qui t'intéresse ?

Miya allait lui expliquer qu'il n'était pas venu acheter une arme blanche. Il fut toutefois intrigué par les nombreux espaces vides sur les présentoirs. À bien y regarder, Aénès n'avait pas une sélection très impressionnante d'armes en stock.

Le marchand avait déjà anticipé la question de Miyalrel.

— Je sais. Il ne me reste plus beaucoup de marchandise. C'est à cause de ces histoires de villes pillées. Ceux qui croyaient que Sisheel serait la prochaine sont venus m'acheter toutes mes bonnes armes. Après l'attaque sur Nieslev, il y a une quinzaine de jours, j'ai presque été dévalisé. Il me reste une poignée d'armes, mais pour la qualité, il faudra attendre la prochaine livraison en provenance de Milstrem. Ou alors, je vous forge quelque chose sur mesure.

— Non, ce ne sera pas nécessaire. J'ai déjà ma sinlé. Ce qui m'intéresse, ce sont les armes spéciales. Vous savez, les kyansés, les anneaux du Feu solaire… En possédez-vous ?

— Des armes à énergie, hein ?… Oui, j'en ai, dans l'arrière-boutique. Mais je t'avertis : il ne m'en reste pas beaucoup, et je les vends cher. Ne t'attends pas à recevoir de cadeaux.

— J'ai de quoi payer, assura l'adolescent.

Tout en suivant l'armurier dans l'arrière-boutique, il tenta de satisfaire un point de curiosité personnelle.

— Où les obtenez-vous ?

— Les armes à énergie ? De Milstrem. C'est le seul endroit dans le Royaume où l'on trouve des artisans capables de les façonner. La science nécessaire date de la Première Ère ; elle est presque perdue aujourd'hui. Il m'arrive aussi d'en acquérir de sources moins… légales. Je pourrais même acheter les tiennes. Je vois que tu portes justement un anneau du Feu solaire.

— Oui, mais je ne le vends pas. Ces temps-ci, je préfère avoir trop d'armes que pas assez.

Aénès haussa un sourcil.

— Quel âge as-tu, au juste ?

— Treize ans.

— C'est à peu près ce que je croyais. Pourquoi un garçon de ton âge aurait-il besoin d'être armé jusqu'aux dents ?

— Parce qu'il y a de drôles de bestioles qui courent dans le Royaume ces jours-ci.

C'était un euphémisme. Le marchand d'armes, toutefois, ne releva pas l'allusion aux créatures de Yoolvh. Sans doute les habitants de Sisheel n'avaient pas entendu parler de la Fureur d'Axxaromqah, du Taah Nù Xep, et du bestiaire infernal des forces ennemies.

— Tu sais, l'armée impériale est arrivée dans le Royaume, dit l'armurier. Il y a eu une grande bataille dans les collines voilà huit jours. Les responsables du saccage de Nieslev ont été mis en déroute. Je ne pense pas qu'il soit nécessaire de s'inquiéter davantage.

— Il reste quelques mécréants en cavale, expliqua Miya. Il se peut que j'aie affaire à eux, l'un d'eux m'en veut personnellement.

— Je vois… C'est pour cela que tu veux des armes.

L'homme déposa une boîte sur un comptoir.

— Comme tu peux le voir, il me reste quelques kyansés partiellement déchargées, deux anneaux du Feu solaire, une charge explosive, et un écran de Qirnà. Hier, j'avais aussi une épée à lame d'énergie, mais je l'ai vendue à un mercenaire qui avait été engagé pour assurer la protection d'un convoi de marchandises.

Miya examina les armes offertes. Il n'avait décidément pas de chance avec les kyansés. Depuis le jour de l'attaque sur Nieslev, il en avait trouvé et perdu trois, sans que les charges tirées lui apportent un avantage notable. En fait, hormis une blessure infligée au Taah Nù Xep, il n'avait jamais réussi à employer à bon escient l'une de ces armes pourtant puissantes. S'il en achetait une quatrième aujourd'hui, il espérait qu'elle lui soit plus utile.

Il était toutefois beaucoup plus inté-ressé par ce que l'armurier avait appelé l'écran de Qirnà. Ce nom ne lui était pas complètement inconnu : Nirvô en avait parlé. En fait, c'était au moment où Miya avait voulu l'abattre d'un rayon de kyansé en plein front. Il avait croisé les bras devant son visage et mis deux bracelets en contact. Un bouclier d'énergie l'avait alors protégé.

Le jeune chevalier sortit les deux bracelets de la boîte. C'était un dispositif identique.

— Combien, pour ces anneaux-là ?

— Quinze émeraudes, dit le marchand. Ils ont déjà servi, leur énergie est faible.

— Et pour une kyansé ?

— Six émeraudes par charge..., donc dix-huit, pour la meilleure qu'il me reste.

— Et l'explosif ?

— Vingt émeraudes.

Miya examina la charge explosive, une pièce métallique en forme d'étoile pourvue d'un bouton doré en son centre. Il se tourna ensuite vers Siya.

— C'est raisonnable, dit-il.

— Oui, mais tu peux dire adieu à ton extrait de soleil.

Le garçon hésita. Puis, il prit sa décision et se tourna vers Aénès.

— Je les prends. Les anneaux de Qirnà, l'explosif et la kyansé.

Il ouvrit sa bourse et versa une quantité importante de rubis et d'émeraudes sur le comptoir. Après avoir payé les prix demandés par l'armurier, il récupéra ce qui restait de son pécule, mit les bracelets translucides à ses poignets, glissa la kyansé à sa ceinture, et déposa l'étoile explosive dans son sac à dos.

— La prochaine fois que nous aurons affaire à une bestiole…, boum !

Aénès crut bon de donner quelques directives.

— Au cas où tu l'ignorerais, tu as dix secondes après avoir enfoncé le bouton doré. Éloigne-toi vite. Ces charges en forme d'étoile sont dangereuses.

— Je m'en souviendrai. Merci pour tout.

— Je suis un commerçant. C'est toujours avec plaisir que je vends ma marchandise. Mais ne faites pas de folies, les enfants. Si vous employez ces armes dans les rues de Sisheel, les soldats de la garnison vous jetteront illico en prison... et vous confisqueront tout ça sans remboursement.

— Pas de danger! dit Miya en riant.

Aénès ignorait, manifestement, que son jeune client était un chevalier de l'Ordre impérial. Ou s'en doutait-il? Qu'avait raconté Qinlleh, au juste, lorsqu'il était venu commander la sinlé de cristal bleu? Le marchand d'armes savait-il qu'il avait affaire à un certain petit Miyalrel? Après tout, son attitude était curieusement conciliante pour un commerçant à qui deux enfants venaient d'acheter une puissante charge explosive.

— Si tu veux mon avis, dit l'adolescent en sortant de la boutique, il se doutait de notre identité. Si cela continue, je vais les faire teindre, mes cheveux.

— Mais non, voyons. S'il ne t'avait pas reconnu, crois-tu qu'il t'aurait vendu tout cela?

— Mmm... Tu as probablement raison.

Il leva les bras et étudia les anneaux vitreux à ses poignets.

— En tout cas, nous voilà bien équipés. Je me sens fort comme un taureau.

— Attention, Miya, c'est une illusion... Dans les écoles d'arts martiaux, les meilleurs maîtres ne portent pas d'armes, justement pour cette raison.

Le garçon se mit à rire.

— Mais vas-tu cesser d'avoir raison, toi ?

— Jamais, dit la fillette en souriant.

Xxrlqh s'était posé sur une branche basse, d'où il avait une excellente vue sur la route principale reliant les villes de Nieslev et de Sisheel. Chariots, cavaliers et piétons y voyageaient presque sans arrêt, surtout en direction de Nieslev, afin d'apporter secours et soutien à la cité ravagée. Le petit monstre les ignorait tous. Il surveillait le passage d'un groupe en particulier. Un groupe parti *de* Nieslev et voyageant *vers* Sisheel.

Un contingent de soixante soldats armés menés par le chevalier Rinyadel.

Cette troupe ne pouvait guère passer inaperçue. D'ailleurs, tel n'était pas le but. L'approche discrète à bord du *Xarobas* avait échoué — grâce à un petit espion ailé —, aussi les hommes de l'armée impériale avaient-ils décidé d'employer la force.

L'étrange créature demeura impassible alors que les militaires passaient sous son arbre. Elle ne tenta aucune offensive. Elle se contenta d'observer.

Après quelques minutes, elle s'envola. Rinyadel et ses hommes n'étaient plus importants. Xxrlqh savait désormais qu'ils n'arriveraient pas à temps.

Lorsqu'ils atteindraient Sisheel, prêts à traquer Yoolvh, ils auraient déjà perdu la partie.

Miya et Siya venaient de quitter l'échoppe de l'herboristerie Fleurs du ciel. Tel que Siya l'avait prédit, Miya n'avait pas pu s'acheter d'extrait de soleil, mais il avait tout de même ajouté deux onguents de guérison au contenu de son sac à dos. À présent, il ne lui restait plus qu'une demi-douzaine d'émeraudes.

— Gardons-en pour quelques vivres, dit-il.

— Je me demandais si tu allais y penser, gloussa la fillette.

— Toi alors… Et si j'avais oublié, me l'aurais-tu rappelé?

— Peut-être…

Son expression narquoise pouvait vouloir dire n'importe quoi. Miya choisit de ne pas insister. Il perdait toujours les petites joutes oratoires avec Siyanlis.

— Que faisons-nous maintenant? demanda-t-elle.

— Nous ne pouvons plus acheter grand-chose, mais nous pouvons encore essayer d'en apprendre davantage sur mes joyaux et mon bracelet. Es-tu toujours intéressée ?

— Oui, bien sûr. Par quoi commençons-nous ?

— Le bracelet ? suggéra Miya.

— Le bracelet, approuva Siya.

Ils se dirigèrent vers la boutique Trésors des ères et franchirent la porte. Normalement, un magasin d'antiquités n'aurait guère suscité l'intérêt de Miyalrel, mais puisqu'il avait l'occasion d'en visiter un, il consacra quelques minutes à l'étude des babioles mises en valeur.

*Ça ne vaut rien, tout ça*, songea-t-il avec mépris.

Tout en examinant les pièces anciennes, il se surprit à regretter son jugement hâtif. En apparence, les articles exposés n'étaient que des vieilleries sans valeur, mais Miya ne pouvait en être certain. Ses ennemis, au cours des derniers mois, avaient pillé trois villes entières pour obtenir une poignée de Reliques de l'époque ancestrale. Si ces souvenirs d'une ère oubliée avaient une

telle valeur à leurs yeux, rien n'interdi-
sait que les antiquités dans la boutique
soient également précieuses aux yeux
d'un connaisseur.

Il n'y avait personne en ce moment
dans le vénérable établissement. Miya
et Siya n'apercevaient que l'antiquaire
derrière son comptoir, en train de polir
une sorte de lampe. En voyant entrer les
deux jeunes Xinjis Râ, il leva lentement
un sourcil, interloqué. Il ne devait pas
recevoir beaucoup de clients de leur âge
dans une journée moyenne.

— Puis-je vous aider ?…

Miya s'approcha du comptoir.

— Je suis récemment entré en
possession d'un bracelet étrange qui
paraît assez ancien. En voyant votre
boutique, j'ai pensé que vous pourriez
l'examiner.

— Je veux bien y jeter un coup d'œil,
dit l'antiquaire.

Miya releva la manche de son vête-
ment et fit glisser l'anneau le long de
son bras. Il le déposa ensuite sur le
comptoir. L'homme se pencha et étudia

le bracelet de près. Une lueur d'intérêt passa dans ses yeux gris.

— Oui, c'est effectivement une pièce ancienne... Ces runes le prouvent... C'est l'alphabet de la langue ancestrale... Attendez, je possède des documents qui pourraient m'aider à traduire.

— *Car nul ne franchira cette porte sans montrer le symbole de son droit.*

C'était Siyanlis qui venait de parler. Elle demeura ensuite silencieuse, souriante, près de son ami. L'antiquaire ouvrit de grands yeux, les posant tour à tour sur l'anneau doré et l'enfant.

— Tu sais... ?

Siya hocha affirmativement la tête. L'homme émit un léger sifflement d'admiration.

— C'est remarquable. Tu es si jeune ! Où as-tu appris ?

— Au temple des Ancêtres de Nieslev.

— Je vois... Qinlleh, n'est-ce pas ? Les connaissances de cet homme m'étonneront toujours. Tu ne pouvais pas trouver un meilleur tuteur.

L'antiquaire fit tourner l'anneau entre ses mains.

— J'en ai déjà possédé un semblable, voilà quelques années. Un collectionneur me l'a acheté. Un riche marchand du nom de Vesyné.

Miya tressaillit. Cet anneau était donc le même. Au lieu de s'attirer des ennuis prévisibles en faisant cette révélation, l'adolescent posa plutôt une autre question.

— Pourrait-il s'agir d'une clé ?

— Pourquoi crois-tu cela ?

— À cause de cette phrase… « Nul ne franchira cette porte sans montrer le symbole de son droit… » Savez-vous de quelle porte il est question ?

— J'ai bien peur que non. Si, comme je le crois, ce bracelet date de l'ère précédente, la porte n'existe peut-être plus depuis longtemps. Il s'agit toutefois d'un objet rare. Je pourrai en tirer un bon prix si vous êtes prêts à me le céder. Je peux vous en donner cinquante émeraudes.

Si elle l'avait pu, Siya aurait donné un coup taquin dans les côtes de Miya.

— Le voilà, ton extrait de soleil.

— Mouais… Sais-tu, je crois que je préfère garder l'anneau. Ça m'intrigue, cette histoire de porte, surtout avec nos ennemis qui cherchent à s'emparer de toutes les Reliques qui leur tombent sous la main. Appelle ça un pressentiment.

— J'appelle ça une occasion manquée, rigola Siya. Enfin, tu peux bien renoncer à cinquante émeraudes si tu y tiens.

Miya rangea le bracelet à son bras. L'antiquaire ne s'en froissa pas. Ce jeune garçon n'avait jamais promis de vendre la pièce ; il n'était venu que pour la faire examiner.

— Je suis désolé de ne pas pouvoir vous aider davantage.

— Oh, ne vous tracassez pas pour cela. Si je me lasse de ce bracelet, je reviendrai à Sisheel pour vous le vendre.

Il se tourna vers sa petite sœur, qui examinait les objets à vendre.

— As-tu trouvé quelque chose d'intéressant ?

— Oui, mais pas pour nous… Je pense que cette effigie de l'héroïne Nanliya est authentique.

Miya se mit à rire.

— Viens, Siya. Si je te laisse ici, tu n'en sortiras plus.

Comme à regret, la petite fille délaissa la rangée de figurines anciennes qu'elle observait et alla rejoindre son ami. Les deux enfants sortirent ensuite de la boutique.

— Cela n'a pas donné grand-chose, dit Miya avec déception.

— Il fallait s'y attendre. À part nous l'acheter, que voulais-tu que cet antiquaire fasse avec ce vieux bracelet ? Il n'allait tout de même pas nous mener à la tombe du sixième seigneur perdu.

— Qui ?

— Rien… Un mythe que j'ai lu dans le septième évangile.

— Bon, alors il reste les joyaux. Ensuite, nous n'aurons plus qu'à attendre l'arrivée des troupes de Rinyadel.

❋

Impavide, Ugyùs se tenait debout devant son maître. Celui-ci venait d'accueillir son familier, Xxrlqh, de retour après une autre petite mission d'espionnage.

— Quelles sont les nouvelles ?

— Prévisibles, susurra Yoolvh. Leurs commandants pathétiques pataugent dans la boue. Ils ne peuvent rien contre nous. Ils ignorent tout de notre plan et même de notre localisation.

— Bien. La cérémonie peut-elle commencer ?

— Ce soir, affirma l'être aux yeux jaunes. Comment vont tes propres projets ?

— Vous parlez de l'enfant nommé Miyalrel ?

— Oui.

— Je préfère attendre qu'il s'expose à moi de lui-même. S'il est sur nos traces, cela ne tardera pas. Dès qu'il quittera Sisheel, il pourra faire ses adieux à la vie.

— Et s'il ne vient pas à toi ?

Ugyùs haussa les épaules.

— Alors, peu importe ce qu'il adviendra de lui, puisque nous aurons triomphé.

Yoolvh ricana horriblement : un rire desséché et sans joie.

— Nirvô n'aimerait pas t'entendre parler ainsi. Tu lui as promis la mort de cet enfant.

— J'ai déjà dit à Nirvô que, contrairement à lui, je ne tue pas pour le plaisir. Mais que notre estimé confrère se rassure : Miyalrel viendra à nous. Le contraire serait… décevant.

— Je ne te comprendrai jamais pleinement, Ugyùs.

De nouveau, Yoolvh ricana. Cette fois encore, ses yeux jaunâtres demeurèrent vitreux, sans la moindre étincelle de joie. Sans le moindre scintillement de vie.

# Chapitre 14

Miya avait rarement eu l'occasion de visiter autant de boutiques variées. Une bijouterie n'était pas l'endroit le plus propice aux trouvailles utiles à un jeune chevalier, mais aujourd'hui, il avait la possibilité d'aller y vendre des joyaux inconnus. Les derniers jours avaient vraiment été bizarres. C'était tout juste s'il ne s'était pas réveillé dans la cale d'une galère avec un tatouage et une cicatrice.

Il entra aux Lumières d'or et fit rapidement le tour de l'endroit. Quelques clients étant déjà présents, il dut attendre son tour. Siya en profita pour contempler toutes les vitrines, émerveillée, tandis que le garçon cherchait distraitement quelque bijou intéressant à bas prix.

Finalement, les clients quittèrent la boutique, laissant Miya et Siya seuls avec le propriétaire. Ce dernier leur consacra toute son attention, se faisant obséquieux dans l'espoir de vendre une bague ou un collier à un prix outrancier.

— Et que puis-je faire pour vous, jeunes gens ?

Le joaillier parlait avec un tel excès de politesse que Miya le crut sarcastique. Pourtant, cela ne semblait pas être le cas. Il avait simplement affaire à un lèche-botte.

— Pouvez-vous évaluer quelques gemmes ?

— Bien entendu, jeune homme. Puis-je les apercevoir ?

Miya exhiba d'abord les pierres luminescentes qu'il avait trouvées au fond du lac. Il les posa sur le comptoir, et le joaillier les étudia. Il y eut un long moment de silence. Puis, une ride perplexe plissa le front de l'homme. À partir de ce moment, il parut oublier sa servilité agaçante. Lorsqu'il parla de nouveau, ce fut d'une voix normale.

— C'est curieux. Ce sont presque sûrement des « byralites ». Peut-être aussi des « zibyralites ». On en trouve à profusion dans le royaume voisin. Mais, normalement, ces pierres ne brillent pas. Où as-tu trouvé celles-ci ?

— Dans le lac Qirin… C'est toute une histoire.

Le regard encore plongé dans les profondeurs lumineuses des byralites, le bijoutier émit un marmonnement dubitatif.

— Lac Qirin, hein ?… C'est là que toutes les légendes bizarres courent ? Les lumières du lac, le pilier des Âmes, et toutes ces histoires ?…

Sans vraiment comprendre le lien, Miya acquiesça.

— C'est cela.

— Alors, peut-être cette phosphorescence est-elle due aux « lumières » du lac Qirin, car je ne vois aucune autre explication. Je me considère comme expert en gemmes et joyaux, et ces pierres sont manifestement des byralites. D'habitude, elles s'échangent à quatre contre une émeraude, mais puisque celles-ci sont un peu spéciales, je peux te donner une émeraude pour chacune.

Miya et Siya échangèrent un regard.

— Qu'en dis-tu?

— Ça m'apparaît juste. À moins que tu veuilles les garder aussi?

Le garçon secoua la tête.

— Elles ne sont pas assez mystérieuses pour ça. La seule raison pour laquelle je les ai empochées, c'était pour me convaincre que je vivais vraiment cette aventure.

Il échangea donc ses byralites contre autant d'émeraudes. Ensuite, il présenta au joaillier la belle gemme verdâtre aux éclats lumineux internes. Une fois de plus, il s'interrogea sur sa provenance. D'où sortait-elle? Il était convaincu qu'elle était littéralement *apparue* dans sa poche.

Lorsqu'il vit la pierre chatoyante, le bijoutier faillit cracher ses dents.

— *Q'fu!* s'exclama-t-il. C'est une vraie!

— Une vraie… quoi?

L'homme observait attentivement la petite gemme verte. Il parut d'abord sceptique, mais sa méfiance fit rapidement place à l'émerveillement. Il venait de discerner les mystérieux reflets lumineux qui parcouraient la structure de la pierre.

— Ces pierres sont… très rares, admit-il. Je peux t'en offrir quarante émeraudes.

Miya tressaillit. Cette petite pierre valait une telle somme? À ce prix, il la vendrait sans hésitation. Il allait enfin l'avoir, son extrait de soleil.

Siya, occupée à examiner les autres bijoux dans la boutique, fut intéressée par les paroles du joaillier. Elle s'approcha du comptoir et vit le joyau scintillant que l'homme roulait entre ses doigts. Ses yeux s'écarquillèrent instantanément.

— Une «xypernite»! s'écria-t-elle à tue-tête.

Elle se tourna vers Miya, foudroyée par l'incrédulité.

— Où… Quand as-tu…? Miya…

Elle comprit la vérité en voyant l'expression de son ami.

— Tu ne sais pas, n'est-ce pas?… Tu n'as aucune idée!

— Non… Enfin, qu'est-ce qu'elle a, cette pierre? Elle porte la peste?

— Elle vaut… Miya, *elle vaut une fortune colossale*. C'est insensé! *Où as-tu trouvé cela?*

— Dans le lac Qirin… En fait, après être *sorti* du lac Qirin… Elle était dans ma poche.

Siya était toujours en état de choc.

— Une xypernite! Une vraie xypernite! Je n'en ai vu qu'une fois dans ma vie, quand les dignitaires de la Ville impériale sont venus au temple des Ancêtres de Nieslev pour reconnaître la validité de la neuvième Relique du Temple. Le fils de l'Empereur était là, et sur sa couronne, il y avait une gemme verdâtre qui scintillait… Qinlleh m'a dit qu'à elle seule, elle valait la même chose que toutes ses autres richesses. Rien dans l'Empire ne s'y compare. Il doit en exister moins de vingt dans tous les Cent Royaumes. Je n'y crois pas! Où as-tu trouvé cela?

Sous l'effet de l'excitation, la petite fille se répétait. Miya savait qu'elle ne cherchait pas vraiment à recevoir la même réponse que la première fois. Il se tourna plutôt vers le propriétaire de la bijouterie, qui se tenait nerveusement derrière son comptoir.

— Vous avez essayé de me rouler, vous…

— Je… Pardonne-moi, je l'avoue… Tu semblais ignorer la valeur de cette gemme… J'ai voulu t'arnaquer… Mais je ne peux pas te l'acheter à sa vraie valeur.

L'homme retrouva son sang-froid et expliqua :

— Mon stock entier de bijoux et de joyaux ne serait pas suffisant. Il n'y a pas assez d'émeraudes dans toute la ville. Seule la famille de l'Empereur est assez riche pour acheter des xypernites. Ils les décernent parfois aux plus grands héros de l'Empire… C'est la richesse assurée. Une fortune pour la vie.

Miya, de plus en plus effaré, examina la gemme de près. Un caillou mal taillé, aux facettes inégales. Vert pâle, tirant sur le jaune. D'étranges éclats de lumière intermittents. Et ce morceau de cristal valait une telle rançon ?

Le joaillier regarda le jeune garçon dans les yeux.

— Petit, quand tu voudras négocier l'acquisition d'un palais dans la Ville impériale, reviens me voir. En attendant, qu'Inyëlh m'emporte si je sais où tu as trouvé cette pierre, mais surveille-la comme si c'était ta *xishâzen nâ*. Si certains lascars apprennent que tu trimbales quelque chose comme ça, tu te réveilleras un beau matin avec la gorge tranchée.

L'adolescent ne put entièrement réprimer un frisson. Il mit la xypernite dans sa bourse avec la poignée d'émeraudes qu'il possédait encore, dans l'espoir qu'elle s'y confonde avec les autres joyaux. Comme si cela pouvait la faire disparaître.

*Les entités du lac*, songea-t-il. *C'était leur façon de me récompenser. Pour se faire pardonner la façon dont elles se sont servies de moi pour exercer leur vengeance sur le Taah Nù Xep.*

Il frémit en songeant à la fortune qu'il transportait.

*Je me serais franchement contenté de la vie sauve.*

Siya jeta un coup d'oeil troublé à la bourse de son ami, mais ne dit rien. Que pouvait-il faire, en vérité ? Il n'allait tout de même pas jeter la xypernite dans l'égout. Tant que personne ne saurait ce qu'il transportait là-dedans, il ne courait aucun risque…, en principe.

— Tu voulais de l'extrait de soleil, murmura Siya d'une voix taquine.

— Tu sais bien que je ne peux rien *acheter* avec une chose pareille, répondit Miya à mi-voix. J'aurais peut-être dû la vendre pour les quarante émeraudes qu'il me proposait…

— Quarante mille, peut-être…

Miya laissa échapper un petit rire. Un petit rire jaune.

— J'aime autant oublier ça… Nous verrons plus tard, lorsque je serai capable de penser à tête reposée… Que nous reste-t-il à faire ici ?

— Rien, dit la fillette. Oh, regarde !

Elle désigna une bague de l'autre côté d'une vitre recourbée.

— C'est celle-là que je voulais! La même bague qu'Inylia!

Siyanlis avait bon goût. Il était vrai que le bijou lui siérait à ravir. La pierre bleue était exactement de la même couleur que ses yeux. Avec ses cheveux, bleus également, et sa xishâzen nâ turquoise, la petite fille serait encore plus mignonne.

Lorsqu'elle avait aperçu la bague, elle n'avait pas songé à baisser la voix. Le bijoutier, qui cherchait peut-être à se faire pardonner sa tentative d'escroquerie, s'approcha d'elle et se tourna vers Miya avec le sourire artificiel de tout bon commerçant.

— C'est ta petite sœur?

Un peu gêné, le garçon hocha la tête.

— Quelque chose comme ça.

Voyant une chance de faire valoir son honnêteté tout en concluant une affaire facile, le joaillier prit la bague et l'offrit à Siyanlis.

— Tiens, essaie-la. Je suis certain qu'elle t'ira à merveille.

En bonne petite fille excitée, Siya tendit la main sans réfléchir. Puis, elle hésita. Elle venait de se souvenir qu'elle était toujours intangible.

Miya tenta d'intervenir avant que la situation empire.

— A... arrêtez! Vous ne pouvez pas...

— Mais si. Cette bague ira très bien avec ses yeux. Allons, essaie-la.

Siya gardait la main levée, prise au piège. Ayant exprimé un tel intérêt pour la bague, elle ne pouvait plus logiquement se dérober, surtout maintenant que le marchand insistait pour qu'elle passe le bijou à son doigt.

Coincée, Siya recula d'un pas, ce que le bijoutier interpréta comme une réaction de timidité naturelle.

— Ne sois pas gênée, commença-t-il en prenant la main de l'enfant.

Avec fatalisme, Miya leva une main devant ses yeux. Il égrena les secondes en pensée.

*Un. Deux. Trois.*

Un cri de terreur déraisonné fit pratiquement éclater les vitres. De toute sa vie, Miya n'avait jamais entendu un homme adulte crier sur une telle fréquence. On aurait cru qu'une vieille mégère venait de découvrir un rat dans sa robe.

— Sainte Inyëlh, aidez-moi ! s'écria-t-il. Qentawah envoie ses anges !

— Siya, on file ! Désolé pour ta bague, mais il va ameuter toute la ville !

Un peu penaude, la fillette suivit son ami vers la sortie. Pendant ce temps, le bijoutier prit la fuite dans son arrière-boutique, débitant d'interminables prières pour protéger son âme contre tous les maléfices des enfers. Miya avait l'impression qu'il exagérait considéra-blement, mais il fallait admettre que Nirvô de Niruxed n'en menait pas large, lui non plus, la première fois qu'il avait vu Siyanlis ressuscitée. Ceux qui sui-vaient encore les anciennes religions devaient éprouver une peur bleue des fantômes.

Surgissant de la boutique, les enfants se heurtèrent à l'un des gardes de la ville.

— Que se passe-t-il ? demanda sèchement l'homme en uniforme.

L'adolescent fit preuve de rapidité d'esprit en répondant immédiatement :

— Je ne sais pas ! Le bijoutier est devenu fou — il hurle des prières dans son arrière-boutique !

Le soldat de la garnison se précipita immédiatement à l'intérieur. Il se désintéressa de Miya et Siya, qui n'étaient, après tout, que deux enfants innocents. Narquoisement, le garçon remarqua que sa petite sœur s'était rapidement ôtée du chemin. Il pressentait que, fut-elle restée sur place, ils auraient deux hommes sur les bras en train de prier les cent deux gloires d'Inyëlh.

Finalement, ils n'avaient pas été fâchés de quitter la foule du quartier marchand. Maintenant qu'ils étaient prêts à toutes les éventualités, ils ne voyaient aucune raison de jouer des coudes sur la place du marché. Ils s'étaient donc aventurés dans une rue moins achalandée, où ils marchaient maintenant plus tranquillement.

— J'ai un petit creux, dit Miya. Cherchons un endroit où manger un morceau.

— Tu peux toujours retourner à l'auberge du Poisson jaune.

— Je préfère trouver un établissement plus réputé…, surtout depuis que je sais que j'ai la rançon d'un roi au fond de ma bourse.

Siya secoua doucement la tête.

— Je n'arrive toujours pas à y croire. Tu as mis la main sur la gemme la plus précieuse des Cent Royaumes et tu ne le savais même pas.

— Que veux-tu? C'est la première fois que je vois une xypernite.

Sautant du coq à l'âne, il enchaîna :

— Au fait, où en sont nos ennemis, dans tout cela?

— Que veux-tu dire?

— Tu es restée avec moi toute la nuit et toute la journée, non? Tu n'as pas peur que Nirvô et ses copains en profitent pour disparaître dans la nature?

— Ils ne donnaient pas l'impression de vouloir se déplacer.

— La dernière fois, tu disais qu'ils campaient au pied du mont sacré Qexàn… C'est juste de l'autre côté de la rivière, ça. Tu ne trouves pas qu'ils sont dangereusement proches de nous ?

— Ils n'oseront jamais s'aventurer en ville.

La petite fille demeura un instant silencieuse, puis reprit la parole.

— Je vais quand même aller les espionner un peu. C'est vrai que je les ai laissés sans surveillance trop longtemps. Ils pourraient mijoter un mauvais coup.

Siya jeta quelques coups d'œil autour d'elle, s'assura que personne ne la regardait directement, et se volatilisa dans une bourrasque de vent.

Quelques passants tournèrent des regards perplexes en direction de Miyalrel. N'y avait-il pas une petite fille à côté de lui voilà quelques secondes ? Heureusement, personne ne s'en formalisa. Miya, quant à lui, se contenta de marcher comme si rien n'était anormal. Il n'avait plus qu'à attendre le retour de sa petite sœur.

Tout en errant dans les rues, il cherchait une bonne auberge des yeux, voire un simple petit restaurant. Il ne connaissait pas Sisheel, aussi avait-il l'impression de tourner en rond. Lorsqu'il finit par localiser une taverne de quartier, il se dirigea vers la porte.

Ce fut exactement à ce moment que Siyanlis réapparut en catastrophe, soulevant une grande rafale. Cette fois, plusieurs cris de stupéfaction fusèrent dans la rue. La fillette, toutefois, ne s'en souciait plus. Elle arborait une expression soucieuse qui chassa immédiatement la faim qu'éprouvait Miyalrel. Brièvement, elle expliqua ce qu'elle avait vu.

— Ils ne sont plus à la base du mont sacré Qexàn. Ils sont au sommet, entre les neuf tours de cristal. La situation est grave, Miya.

— Attends, que veux-tu dire avec tes « neuf tours de cristal » ?

— Neuf monolithes de quartz vert. Sur le mont Qexàn. Ils sont là depuis des siècles. Yoolvh et Nirvô sont là-haut. Ils préparent une sorte de cérémonie.

J'ai entendu Nirvô parler à l'un de ses subordonnés, un certain Garex. Il disait qu'après ce soir, tout allait changer dans les Cent Royaumes. Ils manigancent quelque chose de terrible !

Anxieusement, le garçon tenta de calmer sa petite sœur.

— Siya, qu'as-tu entendu exactement ? Que veulent-ils faire ?

La jeune fille, consciente de la confusion provoquée par son agitation, prit un grand souffle pour se détendre et remettre ses pensées en ordre.

— Lorsque je suis retournée dans la clairière où nos ennemis avaient dressé le camp, j'ai vu qu'ils s'étaient envolés. J'ai relevé leur piste sans peine ; dix-huit hommes ne se déplacent pas sans laisser de traces. D'après la direction qu'ils avaient empruntée, j'ai compris qu'ils voulaient se rendre au sommet du mont Qexàn. Je m'y suis déplacée directement. Ils étaient tous là, sauf Ugyùs que je n'ai pas aperçu. Nirvô parlait à Garex, un de ses sbires, et se moquait des gens de l'Empire, en général. Il a dit quelque chose comme : « Après ce que nous ferons apparaître cette nuit, ce monde ne sera plus jamais le même ! »

— Et Garex, comment a-t-il réagi ?

— Comme s'il le savait déjà. Il a simplement ricané. Ensuite, il a ajouté : « Imagine la tête de tous les pauvres niais qui y croient encore. »

— Croient encore à quoi ?

— Je ne sais pas. Ils n'ont pas parlé davantage. Je ne pouvais pas rester là-haut, je devais revenir et t'avertir. C'est ce soir qu'ils agiront — et ce sera un désastre pour nous !

La taverne et le repas étaient déjà oubliés. Tout en écoutant sa petite sœur, Miya lui avait emboîté le pas, et les deux enfants marchaient maintenant hâtivement vers les issues de la ville. Ils n'avaient pas eu besoin de se concerter. Les hommes de Rinyadel n'arriveraient pas avant le lendemain. Tout dépendait désormais d'eux seuls. Ils devaient tenter quelque chose, n'importe quoi, pour empêcher leurs ennemis d'appeler de nouvelles horreurs infernales à leur secours.

Les sourcils du jeune chevalier étaient froncés.

— Une cérémonie sur le mont Qexàn. As-tu une idée ? Qu'est-ce que ça peut être ?

L'érudition surprenante de Siyanlis ne lui fit pas défaut.

— J'ai entendu parler de quelques rites ancestraux. Jadis, quand les religions avaient une grande importance, le mont sacré Qexàn était un lieu de pèlerinage. Les gens se rendaient au sommet, entre les neuf tours de cristal, et procédaient à la cérémonie de la *merveilleuse envolée des Âmes*, pour rendre hommage à leurs proches disparus. Apparemment, ce rituel aidait les âmes des défunts à trouver la sérénité avant de monter vers Inyëlh.

Miya tiqua.

— Est-ce qu'il pourrait y avoir un lien avec la *pierre* d'Inyëlh ? La Relique volée ?

— Je n'en vois pas… Cela ne veut pas dire que la pierre n'a pas un rôle symbolique à jouer. D'ailleurs, maintenant que tu m'y fais penser, Qinlleh disait justement que cette pierre intervenait dans certaines liturgies anciennes. Mais les festivités de l'envolée des âmes ne datent pas de la même époque. La pierre d'Inyëlh est séculaire.

Le garçon sentit l'espoir monter en lui.

— Alors, la Relique a peut-être un secret véritable !

— Miya... Même si c'est vrai, en quoi la « merveilleuse envolée des âmes » peut-elle aider nos ennemis ? Que comptent-ils faire ? Prier, pour leurs victimes ?

Le jeune chevalier poussa un soupir. Siya avait raison. De toute façon, c'étaient les évangiles qui représentaient le but véritable des troupes ennemies. N'était-ce pas ce qu'ils croyaient avoir conclu ?

— Il faut que nous *sachions*, une fois pour toutes. Siya, peux-tu y retourner ? Essaie de rester jusqu'à ce que tu trouves un indice pour répondre à nos questions. Surtout : quelle Relique veulent-ils vraiment ?

— Que vas-tu faire pendant ce temps?

— Franchir la Qirin. Il y a un hameau de l'autre côté de la rivière, à peu près en face de Nieslev. Il doit bien exister un service de traversier. Ensuite, je vais te rejoindre en haut de la montagne. Nous ne pourrons jamais battre dix-huit hommes, mais nous aurons peut-être l'occasion de leur jouer un mauvais tour. Empêcher cette cérémonie. Voire apprendre leur but réel. L'armée impériale pourra s'occuper du reste.

Siya hocha la tête.

— Ça me va. Mais sois prudent, Miya! Tu n'es pas intangible, toi!

— Je sais!

Cette décision prise, Siya disparut, et Miya gagna le port riverain de Sisheel. La rivière Qirin étant beaucoup moins turbulente que la Tarxë, l'approvisionnement des nombreux commerces de la ville se faisait régulièrement par bateau. Il existait donc un véritable quartier portuaire, ce qui manquait à Nieslev.

L'adolescent observa les soleils dans le ciel. Quatre ou cinq heures avant le crépuscule. Ensuite, tout dépendrait de l'heure exacte à laquelle la cérémonie commencerait.

Il n'avait pas de temps à perdre.

# Chapitre 15

Lorsque Miyalrel arriva sur les quais, il se désintéressa aussitôt des navires marchands arrimés aux grandes jetées et se dirigea vers les petits embarcadères. Il trouva presque immédiatement ce qu'il cherchait : un homme d'âge mûr, à la barbe sale, assis dans une large embarcation plate dotée d'un écriteau affichant « Traversier pour Tawa — Deux émeraudes par personne ».

Le garçon s'approcha du passeur.

— Pouvez-vous partir tout de suite ?

— Je préfère attendre plusieurs clients… C'est mieux pour les affaires, tu vois… Mais pour cinq émeraudes, je ferai le voyage juste pour toi.

Miya grimaça. On voyait l'autre rive de la Qirin à moins d'un kilomètre. Cinq émeraudes pour une traversée qui ne durerait pas quinze minutes, c'était cher. Cependant, il n'avait pas le choix. Les circonstances ne lui permettaient pas de marchander.

— Ça va, je vais payer, dit-il en sautant à bord du bateau.

Il compta cinq émeraudes et les offrit au passeur. Celui-ci les empocha, remercia son jeune passager d'un sourire édenté, et détacha son embarcation du quai. Il se mit ensuite à manœuvrer une paire de longs avirons. Malgré son âge relativement avancé, il ne montrait nul signe de faiblesse ou de fatigue. À force de ramer, ses bras, que l'on devinait sous sa chemise à carreaux, étaient probablement gros comme des poutres.

Lentement mais sûrement, le chaland traversait la rivière. Cette fois, Miya savait qu'aucune libellule géante ne viendrait couler son bateau. Cela ne l'empêchait pas d'être nerveux. Le passeur n'améliorait pas la situation en insistant pour raconter des blagues salées et des ragots dont le jeune garçon se fichait éperdument. S'il avait eu une éponge à portée de main, il l'aurait enfournée dans la bouche du bavard.

De l'autre côté de la Qirin, il apercevait clairement le mont sacré Qexàn. C'était une gigantesque colline isolée, recouverte de verdure jusqu'à son sommet. Tout à fait en haut, entre les branches des derniers arbres, il croyait distinguer quelques chatoiements insolites. Sans doute le soleil se reflétait-il sur les neuf tours de cristal dont Siyanlis avait parlé.

— Tu vas au mont Qexàn ? demanda le vieil homme.

Un peu surpris, l'adolescent se tourna vers le batelier.

— Oui.

— À ta place, j'attendrais quelques jours pour faire un pèlerinage. C'est peut-être dangereux en ce moment. Des hommes ont été aperçus dans les parages. Il paraît qu'ils ont tué quelqu'un hier. Les soldats de Sisheel ont l'affaire en main, mais si tu veux mon opinion, ils ne peuvent rien faire sans l'accord de l'armée impériale…

L'homme fit un clin d'œil entendu.

— Tu sais, je ne suis pas fou… Cette histoire de villes pillées, la Légion impériale à Nieslev… C'est la guerre qui se prépare, mon garçon !

— Espérons que non !

Miya n'allait certainement pas révéler à ce vieux cancanier qu'il était chevalier et qu'il avait pour mission d'arrêter les machinations diaboliques de Yoolvh et de Nirvô. Tout le Royaume le saurait avant une heure.

Le batelier demeura un instant silencieux — c'était assez rare pour être signalé — avant de reprendre la parole, désignant les mèches blondes dans les cheveux du jeune garçon.

— C'est assez inhabituel, n'est-ce pas ?

*Celle-là, je l'aurai entendue !*

— Je suis né d'une mère de votre peuple. Oui, je sais. C'est unique.

Le vieux passeur prit un air songeur. Il donna une nouvelle poussée à ses rames, réfléchit un instant, puis pencha la tête et chuchota, comme s'il allait révéler un grand secret.

— Rare, oui…, mais pas unique.

Miya tressaillit.

— Quoi ? Que voulez-vous dire, « pas unique » ?

— Je veux dire que tu n'es pas le seul.

La surprise fit bredouiller l'adolescent.

— Vous... vous connaissez d'autres enfants comme moi? Avec les cheveux bleus et blonds? Des Xinjis Râ nés d'une mère humaine?

Le nautonier secoua la tête.

— Je ne les connais pas. Mais je sais qu'ils ont existé. C'était voilà une dizaine d'années. La mémoire me fait défaut, je dois l'admettre, mais je sais que trois enfants de sang mêlé sont nés. C'était tout un événement, il va sans dire.

Une grande allégresse envahit spontanément le jeune garçon. Trois autres! Il n'était pas le seul métis xinjis râ. Ils étaient au moins quatre!

Le premier instant d'euphorie passé, Miya se sentit gagné par un fort scepticisme. Pourquoi n'avait-il jamais entendu parler de ces trois enfants? Pourquoi Qinlleh ne les avait-il jamais mentionnés? Auraient-ils disparu? Seraient-ils morts? N'auraient-ils simplement jamais existé ailleurs que dans l'esprit de ce vieux raconteur?

Il sentit qu'il devait en avoir le cœur net.

— Où sont-ils aujourd'hui?

— Oh, je ne sais pas… Cela fait trop longtemps… Il en a coulé de l'eau sous les ponts depuis que j'ai entendu parler d'eux.

Ils s'approchaient de la rive opposée, où un petit quai les attendait. Le hameau de Tawa se situait juste derrière une rangée d'arbres. Le passeur souqua une dernière fois.

— Si tu veux, je peux te dire où ils sont nés. Tu iras y faire un…

Miya entendit brusquement un sifflement aigu. Dans la même fraction de seconde, une flèche à l'empennage noir passa droit devant son visage, si près que les plumes chatouillèrent son nez. Frappé de stupeur, le garçon ne comprit pas immédiatement jusqu'à quel point il venait d'être chanceux, jusqu'à ce qu'il aperçoive le vieux batelier à l'agonie. Il avait une main serrée sur la flèche, qui s'était enfoncée en vibrant dans sa poitrine.

— Non! hurla Miyalrel en se tournant vers la rive.

Sur la plage, un homme se tenait debout avec un arc, visant sa tête. Cette fois, il n'avait pas l'intention de manquer sa cible.

Sachant que l'eau ne devait plus être profonde, il sauta par-dessus bord, au moment même où le trait meurtrier traversait l'espace qu'il occupait jusqu'alors. Poussant une série de jurons, le mercenaire ennemi tenta d'encocher une troisième flèche à son arc. Mû par la fureur, Miya se ruait déjà sur lui, sinlé serrée dans son poing.

— *Il allait me le dire!* cria-t-il avec colère.

Le meurtrier comprit que l'adolescent allait l'atteindre en moins de dix enjambées. S'il tirait et manquait encore, il serait sans défense au moment où la sinlé s'enfoncerait dans sa poitrine. De toute évidence, il ne s'agissait pas d'un assassin professionnel. Un vulgaire sicaire à la solde de Yoolvh, envoyé guetter les rives de la Qirin afin de s'assurer que les curieux en provenance de Sisheel ne se mêlent pas de leurs affaires.

Il laissa tomber son arc et dégaina une épée.

— Je sais qui tu es, petit Miyalrel ! Je vais te tuer, et je rapporterai ta pierre de vie à Nirvô ! Il me couvrira de richesses !

— Nirvô ! C'est lui qui vous a ordonné d'abattre cet homme ?

— Petit crétin ! Lui, c'était un accident ! C'est toi que je voulais transpercer !

Tout en parlant, il tentait de s'approcher. Miya ne lui donna pas l'occasion de faire un autre pas. D'un moulinet spectaculaire de sa sinlé, il frappa la lame de l'épée et la détourna. L'homme grimaça de douleur en sentant son poignet se tordre à un angle peu naturel. Son jeune opposant voulut en profiter. Le meurtrier eut toutefois un prompt réflexe. Il se déroba et laissa la sinlé le frôler sans conséquence. D'un élan de la jambe, il expédia une ruade au flanc de Miya.

Dans le sable de la plage, le jeune garçon perdit l'équilibre. Il tomba à genoux. L'assassin aurait bien aimé sauter sur l'occasion pour l'embrocher sur son épée, mais les tendons et les ligaments de son poignet le faisaient trop souffrir. Il changea rapidement son arme de main. Cette brève seconde fut toutefois suffisante pour que Miya se redresse, une main serrée sur sa sinlé, l'autre sur une poignée de sable. D'un geste vif, il jeta le sable au visage de son ennemi.

Le forban lâcha un juron. D'un moulinet rageur, il força l'adolescent à reculer. Les deux adversaires se distancèrent d'un pas. Personne n'avait encore l'avantage.

Miya songea aux armes qu'il avait achetées à Sisheel, ainsi qu'aux techniques sinléyanes que Xis lui avait enseignées. Il avait les moyens de faire face à trois malfrats comme celui-là. Il suffisait qu'il ne commette pas d'erreur fatale.

Il était en position de combat. S'il tendait la main à sa ceinture pour s'emparer de sa kyansé, ou s'il mani-pulait la gemme de son anneau du Feu solaire, l'ennemi en profiterait aussitôt pour attaquer avant que Miya ait pu faire feu. En revanche, il pouvait librement exécuter l'un des coups savants de Xis. Voyant que l'assassin impatient allait bientôt passer à l'at-taque, le garçon opta pour une feinte.

L'homme frappa. Miya para le coup, mais fit semblant d'avoir perdu la maî-trise de sa sinlé. L'autre triompha. Il avança pour mettre une fin brutale à l'affrontement.

C'était l'instant critique.

La sinlé de Miyalrel, brusquement maîtrisée à la perfection, tourbillonna devant les yeux du meurtrier. Elle lui entailla l'avant-bras et le força à lâcher son arme. Alors, le jeune Xinjis Râ leva la sienne et frappa l'homme en plein front avec la barre centrale.

Sonné, le tueur fit un pas vacillant en arrière. Miya lui fit un croc-en-jambe. En même temps, il se pencha, s'empara de l'épée, et la jeta dans la rivière.

L'homme désarmé était tombé à la renverse dans le sable. Il surmontait son étourdissement et maugréait des menaces incohérentes. Le garçon, toujours outré par le meurtre du nautonier, ramassa une pierre ronde dans le sable et assomma son adversaire d'un lancer précis.

— Tiens-toi tranquille, jeta-t-il avec colère.

Ce que l'homme fit, en vertu du fait qu'il venait d'être mis K.-O.

Miya s'accorda quelques secondes pour calmer les battements endiablés de son cœur. Peut-être était-il un petit génie au maniement de la sinlé, mais cela n'empêchait pas qu'il avait peur, dans l'ardeur du combat, de sentir une lame froide s'enfoncer entre ses côtes. Le meilleur bretteur de l'Empire n'était pas à l'épreuve d'une dague perfide.

Lorsque la respiration du jeune chevalier fut revenue à la normale, il déballa la corde qu'il avait achetée chez Kyri et ficela son adversaire dans une position inconfortable, en s'assurant de faire plein de nœuds compliqués.

Satisfait de l'aspect humiliant de son prisonnier, il s'éloigna et contempla silencieusement la rivière Qirin. La barque s'éloignait au gré du courant, emportant le corps inerte du vieux batelier.

Miya sentait des larmes de frustration piquer ses yeux. Toute sa vie, depuis qu'il était en âge de penser, il avait espéré qu'un jour, il apprendrait l'existence d'un autre enfant de son peuple. Il venait d'entrevoir la possibilité que plusieurs d'entre eux soient nés. Bien que la source de l'information ne fût pas fiable, l'éventualité, à elle seule, avait attisé dans le cœur du jeune garçon un feu dormant dont il ne soupçonnait pas l'intensité.

Le passeur allait lui dire où ils étaient nés. L'adolescent aurait pu ensuite confirmer ou démentir ses dires. S'il avait dit Xrinis, la ville où Miya lui-même était né, le garçon aurait su immédiatement qu'il s'agissait de racontars, d'exagérations nées de l'événement de sa propre naissance. Mais s'il avait nommé une autre ville…, tout serait demeuré possible.

Comment allait-il les retrouver, maintenant, ces trois enfants hypothétiques ?

Comme pour se redonner du courage, il soliloqua avec force.

— Je sais qu'ils existent. Trois petits Xinjis Râ nés d'une mère humaine. Ça doit se savoir. Quelqu'un quelque part doit s'en souvenir !

Dans le ciel, quelques nuages lourds commençaient à s'accumuler. Peut-être pleuvrait-il. Les soleils baissaient déjà dans le ciel. Dans trois ou quatre heures, il ferait nuit. Si Miya voulait gagner le mont sacré Qexàn à temps, il n'avait plus qu'un espoir : trouver une monture à Tawa.

Près de lui, le sable se souleva dans une brusque rafale. Lorsque Siya se fut matérialisée, elle aperçut son ami, constata la présence de l'assassin inanimé, et dit simplement :

— Ah.

Miya lui jeta un regard curieux.

— Ah, quoi ?

— Je revenais justement pour t'avertir. J'ai entendu Nirvô dire qu'il avait envoyé un de ses hommes s'occuper de toi, «pour que cet imbécile d'Ugyùs revienne bredouille». J'ai eu peur que le tueur de Nirvô te tombe dessus sans avertissement…, et je vois que je n'avais aucun souci à me faire. Tu mérites vraiment ton titre de chevalier, tu sais.

— Oh, il a bien failli m'avoir, ce forban. Sa première flèche m'a frôlé le nez de si près que les plumes m'auraient fait éternuer…, si j'avais été allergique.

La fillette sourit. Le jeune garçon fit de même.

— Merci quand même, petite sœur. Que fabriquent-ils là-haut?

— Ils préparent la cérémonie de l'envolée des Âmes.

— C'est donc vraiment leur but? Je n'y comprends rien! Que veulent-ils, à la fin?

— Je ne sais pas, mais Yoolvh n'a pas lâché la pierre d'Inyëlh. En parlant à Nirvô, il a mentionné la voie de *Xinjis Rijàn*.

L'adolescent sursauta.

— Xinjis Rijàn! Le huitième évangile!

Siya hocha la tête. C'était désormais limpide. Ils recherchaient indéniablement les évangiles. Mais dans quel but? Et comment la pierre d'Inyëlh les aiderait-elle à atteindre Xinjis Rijàn? Et quel était le lien avec la cérémonie de la « merveilleuse envolée des Âmes »?

Il sourit affectueusement à l'égard de Siyanlis.

— C'est toi la petite fille intelligente. Tu dois avoir une idée. La pierre d'Inyëlh doit avoir un pouvoir véritable.

L'enfant demeura longtemps pensive, avant de soupirer.

— La seule chose qui aurait un certain sens — dommage que cela n'en fasse absolument pas — serait que leur destination, Xinjis Rijàn, soit située au paradis. L'envolée des âmes serait alors littérale : ils monteraient vers Inyëlh.

— Mais pour monter vers Inyëlh, il faut mourir, non?

La petite fille haussa les épaules. C'était la seule hypothèse qui lui était venue à l'esprit. Au fond, rien n'était vraiment logique dans cette histoire. Il manquait une pièce au casse-tête, un dernier élément mystérieux qui ferait tout tomber en place. Mais *quoi* ?

Soudain, une expression de détermination apparut sur le visage de Siyanlis.

— Je retourne là-haut. Je veux savoir ce qui se passe !

Sous les yeux de Miya, sa petite compagne disparut de nouveau, le laissant seul à la lisière du petit boisé qui séparait Tawa de la rivière Qirin. Le garçon s'engagea aussitôt sur le premier sentier venu, laissant l'assassin de Nirvô ficelé sur la plage. *Qu'il se libère s'il en est capable.*

Il devait atteindre le mont Qexàn avant la nuit.

Avant la catastrophe.

# Chapitre 16

Ce jour-là, les dieux devaient favo-
riser les petits Xinjis Râ téméraires,
car il ne fallut guère plus de vingt
minutes pour que Miya rencontre un
paysan disposé à lui prêter un cheval
en échange de ses dernières émeraudes.
Le jeune garçon n'avait pas protesté à
l'idée de se retrouver sans le sou. Il avait
des soucis plus pressants.

Il avait quitté Tawa en coup de vent,
sur le dos de sa nouvelle monture.
Pendant plus d'une heure, il avait che-
vauché le long des routes forestières, en
direction du mont sacré Qexàn. Par
chance, l'animal était docile ; aussi ses
maigres connaissances en équitation
suffisaient-elles à la tâche. De toute
façon, il n'avait qu'à foncer. Le cheval
suivrait le chemin tout seul.

Siya ne s'était plus manifestée auprès
de lui. Elle devait l'attendre là-haut,
attentive à toutes les paroles pronon-
cées par Yoolvh, Nirvô et leurs
complices.

Lorsque les derniers chemins praticables eurent disparu, ayant cédé leur place à d'étroits sentiers sinueux dans les profondeurs de la forêt, Miya mit pied à terre. Il était arrivé à destination. La montagne, ou plutôt l'importante colline, se dressait devant lui. Les soleils étaient bas sur l'horizon et les ombres du sous-bois se faisaient denses.

Le jeune chevalier observa la forêt avec anxiété. Il n'était plus question de continuer à dos de cheval : la végétation était trop touffue, même en suivant les rares sentes restantes. Or la nuit était proche. Arriverait-il à temps pour empêcher ses ennemis de mettre leurs vils projets à exécution ? Ou serait-il seulement témoin de leur triomphe ?

Il n'avait pas le choix. Il devait tenter quelque chose. S'il laissait Yoolvh agir à sa guise, un péril grave serait déchaîné sur le Royaume, voire l'Empire entier. Même sans aide, Miya devait trouver le moyen de s'opposer à cela.

Résolument, il entra sous le couvert des arbres.

Il ne remarqua pas la créature incongrue qui l'observait tranquillement ; son œil unique posa un regard jaune sur ses cheveux bleus et blonds.

Pendant les trente premières minutes, tout se déroula sans anicroche. À pied, le long de pistes à peine visibles, la marche était relativement aisée. Aucun obstacle important ne se présentait. Les rayons déclinants des soleils parvenaient encore à passer entre les branches. Il n'y avait aucune trace de sentinelles ennemies. Toutefois, cette première demi-heure passée, l'approche du crépuscule commença à se faire sentir. Il faisait de plus en plus sombre sur le flanc du mont Qexàn. En outre, la pente du terrain augmentait de façon considérable.

En dépit de la difficulté, Miya s'efforçait de grimper sans ralentir. Il se savait dissimulé aux regards indiscrets par l'épaisse forêt qui recouvrait la montagne. En revanche, il ignorait tout de l'avancement des préparatifs ennemis.

Il faisait de plus en plus noir. Bientôt, l'adolescent serait contraint d'avancer en pleine nuit, sans savoir dans quel traquenard il se jetait.

— Siya, j'aurais bien besoin de toi, soliloqua-t-il. Que font-ils là-haut?

Il lança un regard irrité vers le sommet invisible de la grande colline.

— Mont sacré, mon œil.

Soudain, les yeux ainsi levés, il aperçut une silhouette humaine. Il tressaillit violemment et se plaqua derrière un arbre, cherchant à se faire le plus petit possible. Une sentinelle? Dans la pénombre du crépuscule, il était impossible d'identifier l'inconnu, mais au fond, il ne s'agissait certainement pas d'un simple bûcheron. Il était debout à flanc de montagne, au sommet de laquelle une bande de forbans s'était rassemblée dans un but inavouable.

— Miyalrel, énonça calmement une voix dans la pénombre.

Le cœur de l'adolescent fit un bond dans sa poitrine. C'était manifestement la silhouette qui venait de parler, mais elle n'avait pas bougé de sa position première. Comment avait-il été aperçu ? Comment avait-il été *reconnu* ? Sa fameuse chevelure ne brillait quand même pas dans le noir !

La figure sombre émit un doux ricanement.

— Tu dois déjà t'en douter, mais je suis ici pour te tuer. C'est fort dommage, je l'admets. Tu es franchement trop jeune pour mourir. Mais il doit en être ainsi. Il ne fallait pas te mettre en travers de nos projets.

La voix se tut. La silhouette demeurait immobile.

Puis, elle s'évanouit.

Lorsqu'elle réapparut droit devant Miya, faisant jaillir un cri d'effroi de sa gorge jusqu'alors comprimée par l'angoisse, le jeune garçon comprit brusquement à qui il avait affaire : l'homme du temple des Ancêtres, le compagnon énigmatique de Nirvô.

— Je me présente : Ugyùs de la Haute Cinquième. Tu vas mourir en luttant contre moi. Ne regrette rien : tu n'aurais jamais pu vaincre mon maître. Après tout, moi qui ne suis qu'un humble serviteur, je peux t'éliminer sans aide…, et Yoolvh, dans sa munificence, est le seigneur de la Quatrième Morte.

Une longue épée, mince et luisante, était apparue dans le poing du dénommé Ugyùs. Les présentations étaient terminées. Il était temps pour Miyalrel de mourir.

Dans l'ombre du sous-bois, le jeune chevalier arrivait à peine à dévisager son adversaire. Il aurait pu s'agir de n'importe qui. Seule la lame bleutée, sinistre, le préoccupait. D'ailleurs, cette lame s'était déjà mise en mouvement. Miya para à l'aide de sa sinlé. Il y eut un choc et une sonorité aiguë. Ugyùs enchaîna plusieurs coups consécutifs. L'adolescent ne put que rester sur la défensive, priant pour réagir assez vite chaque fois que la lame pâle frappait. Son ennemi était un bretteur accompli.

Il n'avait aucune chance en combat rapproché.

Miya bondit en arrière et souhaita que son adversaire n'attaque pas immédiatement. Ugyùs voulut sans doute être trop prudent : il donna à son jeune opposant le répit qu'il espérait.

Alors, profitant de l'obscurité qui camouflait ses gestes, le garçon plaça ses mains d'une certaine façon sur la tige centrale de sa sinlé. Il attendait l'assaut d'Ugyùs, pour pratiquer la technique sinléyane du cercle du Vent — celle avec laquelle il avait tant impressionné Xis lors de leur première séance d'entraînement dans l'orage.

L'allié de Yoolvh ne soupçonna rien. Du moins, il n'en laissa rien paraître. Dès que Miya fut prêt, Ugyùs attaqua. Le jeune garçon se déroba vers le bas. Après une pirouette agile aux pieds de son ennemi, il remonta en flèche, laissant sa sinlé décrire la courbe mortelle qui séparerait la tête du forban de ses épaules. Face à un homme dont les intentions avouées étaient de le tuer, il ne comptait pas ménager ses coups.

La noirceur, qui avait permis à Miya de préparer sa stratégie sans être vu, joua à son désavantage dans l'exécution de la technique. Il se prit les pieds dans un tas de ronces et n'arriva pas à compléter correctement le cercle du Vent. Cela ne l'empêcha pas de graver une plaie dans le haut de la poitrine de son ennemi, près de la jointure de l'épaule droite.

Ugyùs poussa un cri de douleur. Il avait fait preuve d'un excès de confiance. Pourvu d'une faculté mystérieuse qui lui donnait un avantage considérable, il avait commis l'erreur de croire que cela le rendait invulnérable. Sans se douter de son péril, il s'était exposé à un assaut spécial qui aurait pu avoir de graves conséquences si Miya l'avait pleinement réussi. Le représentant de la Haute Cinquième dut le comprendre, car pendant quelques secondes, ses traits perdirent toute trace de sérénité. Une expression orageuse traversa son visage. Il frappa ensuite de toutes ses forces dans l'espoir de décapiter le jeune Xinjis Râ.

Ce dernier était maintenant dans son élément. Face à un ennemi qui perdait graduellement ses moyens, Miya gagnait en assurance. Plusieurs passes d'armes spectaculaires s'enchaînèrent dans les ténèbres croissantes. Personne n'émergea victorieux du combat, mais pour Ugyùs, cette confrontation à forces égales représentait en soi une défaite.

Abruptement, le personnage sinistre recula. Il ne s'attendait pas à une telle résistance de la part de son jeune adversaire, ni, sans doute, à sa maîtrise hallucinante de la sinlé. Il décida donc qu'une autre stratégie s'imposait. En un clin d'œil, il fut avalé par le néant. Sa voix monta alors des profondeurs de la forêt.

— Miyalrel! s'exclama-t-il. Ne crois pas que tu me vaincras aussi facilement! Je ne suis pas Nirvô de Niruxed!

L'adolescent jeta des regards inquiets autour de lui. Ugyùs n'était plus visible. On aurait pu croire que les dieux, lassés de sa présence, l'avaient escamoté de l'Univers.

— Je gagnerai ce combat! clama l'ennemi invisible.

Puis, ce fut le silence.

Miya adressa un remerciement silencieux au vieux Xis. Ses techniques savantes avaient probablement fait la différence dans cet affrontement. Malheureusement, rien n'était encore réglé. Un ennemi sournois le guettait toujours. Par ailleurs, en pratique, il faisait maintenant nuit sous le couvert des arbres. Le scélérat comptait-il attaquer traîtreusement, en profitant des ténèbres ? Au fait, voyait-il dans le noir ?

Le garçon frissonna. Il faudrait qu'il soit prêt à tout.

La nuit était tombée, tant au-dessus qu'en dessous des frondaisons. En dépit de son angoisse, Miya avait repris l'ascension du mont sacré Qexàn. Pouvait-il faire autrement, au point où il en était ? Il était convaincu que le sinistre Ugyùs viendrait l'assassiner, même s'il renonçait à gravir la haute colline. Du point de vue des forces ennemies, le petit chevalier était devenu beaucoup trop gênant.

L'homme de la Haute Cinquième n'était pas revenu l'attaquer. Cela n'empêchait pas Miyalrel de ne penser qu'à lui. L'ennemi n'était pas un être humain normal. Il avait le pouvoir de se déplacer de façon mystérieuse, tout comme Siya, et d'altérer la perception humaine de l'espace, comme en témoignaient les armées « invisibles » qui avaient saccagé trois villes.

Miya n'arrivait pas à chasser sa frayeur. À tout moment, Ugyùs pouvait apparaître devant lui et planter la fine lame de son épée dans son cœur. Le garçon se demandait en fait pourquoi il n'était pas déjà mort. Les pouvoirs de son ennemi étaient-ils soumis à des restrictions qu'il ignorait ? Plus il y songeait, plus la conclusion s'imposait : Ugyùs ne pouvait pas réellement altérer les dimensions spatiales à sa guise.

Ou alors, il le pouvait, et prenait plaisir à prolonger l'agonie de Miya.

— Si seulement il ventait aussi pour annoncer son arrivée !…

Ce fut alors que l'adolescent entendit les premières voix lointaines. Là-haut, au sommet du mont sacré Qexàn, quelqu'un criait à tue-tête. Une main invisible serra son cœur. La cérémonie de l'envolée des Âmes était-elle déjà commencée ?

Il pressa le pas, soudain anxieux.

Ce fut le moment que choisit Ugyùs pour se manifester de nouveau. Il se tenait loin devant le jeune garçon, mais sa silhouette se découpait clairement dans l'ombre, nimbée d'une pâleur imprécise qui lui donnait un aspect spectral et effrayant.

— C'est terminé, Miyalrel. Tu as eu le temps de faire tes prières. Je vais maintenant te tuer. Tu ne pourras pas te défendre, alors résigne-toi à ton sort et accepte une mort rapide.

Sur ces paroles, la figure fantomatique disparut.

La main invisible serrait toujours le cœur de Miya. Une autre lui serrait maintenant la gorge. L'angoisse qui l'habitait était si profonde qu'il sentait monter en lui une vague d'épouvante. Il tentait désespérément de deviner quelle attaque Ugyùs préparait. Resterait-il invisible jusqu'au moment de frapper ? Le garçon aurait-il le temps de tenter une ultime dérobade ? Tous les sens en alerte, il attendait le moment où sa vie se jouerait sur un réflexe unique.

Les mouvements de l'ennemi se faisaient dans une dimension supérieure. Il était impossible de savoir d'où viendrait l'assaut. Instinctivement, Miya se mit lui-même en mouvement. Rester immobile, c'était signer son arrêt de mort.

Cette intuition sauva sa vie.

La silhouette apparut dans son dos, à l'endroit où jusqu'alors, le garçon se tenait statufié. Le tueur tenta d'enfoncer son épée entre ses omoplates, mais un réflexe désespéré lui permit d'esquiver la lame effilée. Il ne subit qu'une éraflure cinglante à l'épaule. Un petit cri de douleur et de frayeur quitta ses lèvres.

Ugyùs savait qu'il avait manqué son coup. Rien ne l'empêchait cependant de recommencer. Il s'estompa avec un rire tranquille, sans laisser le temps à l'adolescent de riposter.

*Que vais-je faire ?* songea désespérément Miya. *Il va me trouer le cœur ! Je ne peux pas me défendre contre un pouvoir pareil !*

Soudain, Ugyùs fit une nouvelle apparition dans la forêt assombrie.

— As-tu encore le courage de te battre, Miyalrel ? Ou veux-tu que j'abrège tes souffrances ? Avance vers moi et je promets de te donner une mort miséricordieuse.

Le jeune Xinjis Râ grinça des dents. L'assassin parlait comme s'il lui faisait une faveur. Son adversaire paraissait sincèrement convaincu qu'il lui offrait une fin digne et honorable. Miya, en revanche, n'avait aucunement l'intention de mourir cette nuit-là — certainement pas avant d'avoir vécu une longue et heureuse vie. Ugyùs avait lui-même admis qu'il était trop jeune pour entreprendre son voyage vers Inyëlh.

La silhouette spectrale était toujours visible. Miya, partiellement caché derrière un arbre, la visa de la main qui portait l'anneau du Feu solaire. Puis, il se ravisa et dégaina sa kyansé. Il n'aurait qu'une chance de porter une attaque semblable. Autant frapper fort.

Il tendit l'arme en direction de la figure pâle et visa attentivement. Dans la nuit, il souhaita que l'homme de la Haute Cinquième ne l'aperçoive pas, sans quoi il pourrait se dérober.

Miya tira dès qu'il eut l'ennemi en joue.

Le rayon stria l'air, encore plus brillant dans la forêt obscure. Mais aucun cri de douleur ne se fit entendre. Le trait flamboyant avait simplement traversé la structure corporelle d'Ugyùs.

— Il est intangible ! réalisa l'adolescent avec horreur. Comme Siya !

Il avait gaspillé l'énergie de son arme et son adversaire le savait.

— Miyalrel, tu ne peux plus me vaincre. Tu dois mourir maintenant. Cesse de résister. Cela ne fera qu'allonger tes souffrances.

Le jeune garçon sentit l'exaspération le gagner.

— Si vous voulez me tuer, vous allez devoir faire la besogne vous-même! Je ne me laisserai pas exécuter sans me défendre jusqu'au bout!

Le sinistre individu se mit à rire derechef. Il était confiant, sûr de lui. Contre lui, Miya n'avait vraiment aucune chance. Pourtant, il devait tenter quelque chose pour rester en vie, même s'il savait que tout ceci n'était qu'un jeu cruel pour son ennemi.

*S'il pouvait me tuer d'un seul coup, il l'aurait déjà fait*, songea le garçon pour se rassurer. *Il a ses limites. Il ne peut pas tout faire. Il doit avoir…*

— Un point faible, acheva-t-il à voix haute.

S'accrochant désespérément à cet ultime espoir, Miya enchaîna pour lui-même.

— *Il doit avoir un point faible.* Un coup qui peut l'atteindre. Quelque chose que je peux faire… Si je voulais tuer Siya, qu'est-ce que je ferais?

Une petite voix se fit entendre innocemment dans la pénombre.

— Rien de trop cruel, j'espère?

Le jeune sinléya tressaillit.

— Siya! Où es-tu?

— Juste ici.

La petite fille quitta sa position derrière un arbre.

— Que se passe-t-il, Miya? La cérémonie est commencée!

— J'ai un problème!

— Lequel?

— Ugyùs! Il est ici, quelque part autour de moi. Il se déplace comme toi, Siya. D'un point à l'autre de l'espace…, mais sans le vent! Je ne peux pas me défendre!

Tout à coup, l'homme de la Haute Cinquième apparut devant les deux enfants, vomi par la nuit, tel un ange maudit de Qentawah.

— Je vois, dit-il sombrement. L'enfant dont parlait Nirvô. La fillette fantôme. C'est grâce à elle que tu as suivi notre piste, n'est-ce pas, Miyalrel? Mon influence aurait dû dissimuler notre groupe à tous les yeux humains.

L'adolescent ne répondit pas. À quoi bon? L'évidence parlait d'elle-même.

— Je comprends à présent. Je comprends tout. Mais quand tu seras mort, Miyalrel, plus personne ne pourra s'opposer à nous. Nous sommes trop près de notre but. Qu'en dis-tu, petite fille fantôme?... Que feras-tu, lorsque ton ami aura péri?

Le rire d'Ugyùs se fit entendre de nouveau. Le tueur disparut. Sa voix monta alors de tous les points de l'espace.

— Que comptes-tu faire, petite fille, *alors que tu es déjà morte?*

Miya vit alors l'impossible. Ugyùs s'était mis à exister *partout*. Il se multipliait autour de lui à un rythme effarant. Son image apparaissait dans chaque zone d'ombre, derrière chaque buisson. C'était sa technique spatiale ultime, celle contre laquelle le jeune chevalier n'aurait aucune chance. Il ne verrait jamais venir le coup qui le tuerait. Il viendrait de n'importe quel point.

Brusquement, toutes les images disparurent en même temps. Le silence était incroyablement lourd. *Rien ne se passait.*

Jusqu'au moment où deux cris éclatèrent l'un à la suite de l'autre.

Le premier, urgent, angoissé.

— *Miya ! Derrière toi !*

Le deuxième, incrédule, stupéfait.

— *Q... quoi ! ?*

Miya hurla de frayeur. D'un geste purement instinctif, mû uniquement par son talent de sinléya, il fit volte-face en plongeant sa sinlé à deux mains dans le vide derrière lui.

L'une des lames cristallines, celle qui aurait été pointée vers l'arrière si Ugyùs avait attaqué de face, s'enfonça durement dans un corps solide. Le garçon compléta son demi-tour, enfonçant la lame dans la poitrine du tueur à l'instant même où il réapparaissait.

Percé de part en part, Ugyùs cracha du sang, les yeux déjà presque éteints. Sa mince rapière tomba de ses doigts gourds et chuta dans l'herbe du sous-bois.

— C... comment... est-ce possible ?...

Toujours empalé sur la lame de la sinlé, l'assassin leva des yeux mourants, empreints d'incrédulité, vers le garçon à peine sorti de l'enfance qui l'avait vaincu. Il vit alors Siya du coin de l'œil, et comprit soudainement ce qui devait s'être passé.

— *Elle...*

Malgré toute la scélératesse de l'homme qui expirait douloureusement sur sa lame, Miya ne put s'empêcher de ressentir de la pitié. Normalement, il aurait déjà bondi en arrière, horrifié à l'idée d'avoir donné une mort aussi atroce à un ennemi, mais Ugyùs était trop dangereux pour qu'il ose le quitter des yeux. Il ne bougerait pas avant d'être certain qu'il soit mort.

Siya s'était rangée près de lui, comme pour lui apporter son soutien. Elle regardait le mourant avec un mélange d'apitoiement et de fascination. Lorsqu'elle parla, sa voix était compatissante, comme si elle cherchait à s'excuser.

— Tu ne pouvais pas devenir invisible *à mes yeux*. Tu voulais tuer Miya. Je ne pouvais pas te laisser gagner.

Avec ses dernières forces, Ugyùs tourna la tête.

— Non…, c'est impossible… La Haute Cinquième… appartient… aux «surdimensions» de l'Univers… Nul en ce monde… ne peut… percevoir…

Ce furent les dernières paroles à quitter ses lèvres exsangues. Son cadavre, vidé de toute vie, glissa le long de la lame mortelle et chuta mollement dans l'herbe.

— Il… il est…?

Siya ferma doucement les yeux.

— Oui…, Miya, de quoi parlait-il? La Haute Cinquième?

— Il disait qu'il appartenait à cette Haute Cinquième, et que son maître, Yoolvh, était le roi de la Quatrième Morte… Siya…, qu'est-ce que c'est, une surdimension?

— Une théorie. J'en ai entendu parler…

La petite fille rouvrit les yeux. Songeuse, elle rassembla ses souvenirs.

— C'était dans le septième évangile… L'Univers aurait quatre dimensions spatiales *essentielles* et une infinité de dimensions *supérieures*. Cela ferait de Xhoromag un «sur-univers», capable de contenir toutes les réalités différentes concevables.

— Euh…

L'enfant sourit faiblement.

— Oui…, j'ai eu la même réaction.

— Mais alors, ces surdimensions existent, Siya! Si Ugyùs en provenait, et si tu pouvais le voir quand même… Alors, peut-être que toi aussi…?

Siya posa un long regard circulaire sur son entourage. Miya savait qu'elle ne voyait pas que les arbres. Elle contemplait son monde à elle, l'aspect de la réalité qu'elle percevait.

Sa petite surdimension à elle toute seule…, pour autant que ce fût possible.

# Chapitre 17

Sous les yeux ahuris des deux enfants, une pâle vapeur blanche se dégageait du corps d'Ugyùs. Dans les ténèbres, ils ne distinguaient pas clairement ce qui se passait, mais ils en voyaient assez pour arriver à une constatation étonnante.

— On dirait qu'il s'évapore ! s'exclama Miya.

Siya hocha la tête.

— C'est peut-être en raison de son origine : la Haute Cinquième. Mort, il retourne peut-être naturellement dans la réalité supérieure où il est né.

Ils observèrent encore Ugyùs pendant quelques instants. Il ne pouvait plus nuire. S'il devait disparaître une dernière fois, on ne pouvait y voir qu'une ironie du destin.

— Il faut se hâter, dit Siyanlis. La cérémonie est en cours là-haut.

— Je sais, je les entends d'ici.

— C'est Yoolvh. Il se tient debout au centre des neuf tours de cristal. Il chante des psaumes depuis au moins vingt minutes.

— Tu appelles ça chanter ?

— Je n'ai jamais dit qu'il avait une belle voix.

— Est-ce que c'est normal ?

— Je ne sais pas, moi ! Il est laid, il chante mal. C'est peut-être une loi naturelle.

— Je ne parle pas de ça !

Miya se mit à rire malgré lui.

— La cérémonie de l'envolée des Âmes est-elle réellement si longue ?

— Je crois que oui, mais elle doit arriver à terme. Si quelque chose doit se produire…

— Ce sera bientôt ! compléta le garçon en pressant le pas.

Le sommet du mont Qexàn était à sa portée. Siya disparut en coup de vent. Presque aussitôt, sa voix monta d'un point proche, derrière un tronc massif.

— Par ici, Miya ! On peut voir la cérémonie !

Le terrain n'était plus en pente raide. Ils avaient donc atteint le faîte de cette énorme colline boisée qu'était le mont sacré Qexàn. Ils apercevaient d'ailleurs l'une des neuf tours de cristal, un monolithe translucide qui se dressait orgueilleusement jusqu'au-dessus de la cime des arbres. De l'autre côté du piton de quartz, la végétation cédait sa place à une vaste clairière.

— Le mont sacré Qexàn est donc chauve…

Siya, qui essayait de rester sérieuse, jeta une bourrasque de vent à son ami. Ce n'était pas le moment de rigoler. Dans la clairière, une vingtaine d'hommes étaient rassemblés. En fait, ils devaient logiquement être dix-sept. Tous étaient regroupés du même côté ; seul Nirvô se dressait à l'écart, le regard fixé sur le centre de l'éclaircie.

Là, un homme à la peau cadavérique, aux yeux jaunes et morts, se tenait aussi rigide qu'une statue, le visage levé, les mains tendues en coupe sous une gemme étincelante qui flottait en suspension dans l'air de la nuit.

— C'est… !

— La pierre d'Inyëlh, confirma Siya dans un chuchotement.

Ils ne risquaient guère d'être entendus par-dessus les lamentations de Yoolvh, mais ils préféraient ne courir aucun risque. Miya désigna le vil personnage du doigt.

— Et lui, je suppose que c'est leur maître ?

— Oui..., c'est celui qui n'a rien d'humain... Yoolvh de la Quatrième Morte.

— Une autre surdimension ?

La fillette n'eut pas l'occasion de répondre. Un silence abrupt était tombé sur l'assemblée. Pendant un moment, les deux enfants crurent qu'ils avaient été repérés. Fort heureusement, ce n'était pas le cas. Ils étaient toujours bien dissimulés dans la forêt sombre. Yoolvh avait simplement cessé de psalmodier.

— C'est fini ?...

Siya secoua la tête dans la pénombre.

— Non. Il manque le souhait aux âmes. À la fin de la cérémonie, il faut énoncer un dernier vœu. À ce moment, les âmes apaisées montent vers Inyëlh et exaucent les désirs de ceux qui les ont guidées vers le paradis.

Comme tous les hommes dans la clairière, le garçon gardait les yeux rivés sur la silhouette de Yoolvh. Quel souhait exprimerait-il ? Et serait-il vraiment exaucé ?

Il y eut encore un moment de silence. Puis, la voix de Yoolvh explosa telle une bombe.

— *Reviens !* Monde maudit de notre mort, reviens parmi nous ! *Reviens et révèle tes secrets !*

L'effet fut instantané. Dans un déchirement de lumière, neuf droites éblouissantes transpercèrent les ténèbres, jaillissant des tours de cristal comme des lances de clarté enfoncées dans la chair de la nuit. Les deux jeunes Xinjis Râ sursautèrent, surpris par la naissance instantanée des colonnes flamboyantes. D'ailleurs, ils ne furent pas les seuls. Les cris de surprise avaient fusé de toutes les lèvres, même de celles de Nirvô. Seul Yoolvh était demeuré impassible.

*Reviens*, avait-il dit. Mais quelle horreur infernale avait-il rappelée à la vie ?

Brusquement, un vent d'ouragan se leva, venu de nulle part. Miya songea aussitôt à sa petite sœur, mais la fillette était encore là, aussi stupéfaite que lui.

— Siya, que se passe-t-il ?

Il avait lancé cette exclamation sans craindre d'être entendu. Par-dessus le mugissement de la tempête inexplicable, il aurait pu hurler à pleins poumons sans que les ennemis soupçonnent sa présence.

La petite fille secoua la tête, toujours incrédule.

— Je… je ne sais pas ! Je n'ai jamais vu quelque chose comme ça ! Il y a des années que personne n'a célébré l'envolée…

La fin de sa phrase fut engloutie par le hurlement assourdissant du typhon. Le vent démoniaque faisait maintenant ployer et gémir tous les arbres de la forêt. Miya se sentait physiquement agressé, comme si la source de la tempête était Yoolvh lui-même, au centre de la clairière.

*Non*, réalisa-t-il brusquement. *Ça vient d'en haut !*

La plupart des hommes rassemblés avaient compris la même chose : tous les regards étaient maintenant levés vers la voûte céleste. Les colonnes de lumière verte étaient toujours visibles, mais le phénomène qui retenait l'attention de toutes les âmes en présence était entièrement différent. Les nuages dans le ciel avaient commencé à fuir, balayés par un vent dont la puissance ne cessait d'augmenter. Un trou énorme était en train de se former, une plaie sombre dans les ténèbres, une ouverture sur le néant absolu.

De toutes ses forces, Miya s'accrochait à un arbre. Siya demeurait debout, sa longue chevelure bleue secouée follement par le vent. Bien que la situation ne se prêtât guère aux interrogations saugrenues, le garçon se demanda brièvement pourquoi les cheveux de sa petite sœur étaient les seules parties de son anatomie à ressentir l'ouragan. Un autre mystère de sa «dimension transparente»?

Dans le ciel, *quelque chose* faisait lentement son apparition. Incrédule, impuissant, le jeune chevalier contemplait la scène sans pouvoir intervenir. Tout d'abord, il n'aperçut qu'une masse sombre, gargantuesque, qui occultait déjà toutes les étoiles au zénith. Puis, lentement, la forme massive se précisa, dessinant une sphère colossale.

Miya écarquilla bêtement les yeux, sans vouloir en croire ses sens. Était-ce vraiment ce qu'il imaginait?

— Une… une planète!

Complètement sidéré, il ne songeait même plus à se dissimuler derrière les buissons. Il était debout, agrippé au tronc d'un arbre, le regard levé vers le nouvel astre que le néant venait de vomir dans le ciel.

Sa petite sœur n'en croyait pas plus ses yeux. Sur son visage se lisait un étonnement qui dépassait encore le sien.

— Une lune!... Pas une planète, une lune!

Le garçon fit alors une constatation toute simple, toute bête. Lune ou planète, ce corps céleste n'en demeurait pas moins une monstrueuse masse sphérique qui occultait la moitié du firmament. Tout était là, dans cette description toute simple. Une sphère.

Lentement, l'incrédulité descendit jusqu'au fond de ses entrailles.

La cérémonie. L'envolée des âmes. *La pierre d'Inyëlh.*

Siyanlis, debout dans le vent qui arrachait toutes les branches, avança lentement d'un pas. Comme son ami, elle avait tout oublié de la présence de leurs ennemis. Elle n'avait d'yeux que pour la lune énorme. Car elle avait compris, elle aussi.

Miya balbutia, presque malgré lui.

— Est-ce possible?...

Siya hocha la tête, frappée par la même hébétude.

— La sphère de paradis!... *Inyëlh!*

## À suivre dans le Tome 4

# De la même série

## Tome 1

## Tome 2

Pour obtenir une copie de notre catalogue :

**Éditions AdA Inc.**
1385, boul. Lionel-Boulet, Varennes, Québec, J3X 1P7
Téléphone : (450) 929-0296, Télécopieur : (450) 929-0220
info@ada-inc.com
www.ada-inc.com

**Pour l'Europe :**
France : D.G. Diffusion Tél.: 05.61.00.09.99
Belgique : D.G. Diffusion Tél.: 05.61.00.09.99
Suisse : Transat Tél.: 23.42.77.40